I0648203

Marcel   Schwob

Das Buch von Monelle

Marcel   Schwob

Das Buch von Monelle

ISBN/EAN: 9783337356118

Hergestellt in Europa, USA, Kanada, Australien, Japan

Cover: Foto ©Andreas Hilbeck / pixelio.de

Weitere Bücher finden Sie auf **www.hansebooks.com**

MARCEL SCHWOB

DAS BUCH

1

VON
MONELLE

INSEL-VERLAG

Originaltitel: Le livre de Monelle
Aus dem Französischen übertragen von Franz Blei

Copyright 1904 Insel-Verlag, Leipzig

INHALT

DIE WORTE DER MONELLE

Monelle traf mich auf der Heide, wo ich irrte, und nahm mich bei der Hand.

Sei nicht erstaunt, sagte sie, ich bin es und ich bin es nicht; du wirst mich noch einmal wiederfinden und du wirst mich verlieren;

Noch einmal komme ich zu euch; denn wenige Männer haben mich gesehen und keiner hat mich verstanden;

Und du wirst mich vergessen und wirst mich wiedererkennen und wirst mich vergessen.

Und Monelle sprach weiter: Ich will zu dir von kleinen Prostituierten reden, und du wirst den Anfang wissen.

Bonaparte der Schlächter traf mit achtzehn Jahren unter den eisernen Toren des Palais-Royal eine kleine Prostituierte. Sie war ganz bleich und zitterte vor Kälte. Aber »man muß leben«, sagte sie ihm. Weder du noch ich kennen den Namen dieser Kleinen, die Bonaparte in einer Novembernacht auf sein Zimmer in Cherbourg nahm. Sie war aus Nantes in der Bretagne. Sie war schwach und müde, und ihr Geliebter hatte sie verlassen. Sie war einfach und gut; ihre Stimme hatte einen sehr weichen Klang. Bonaparte erinnerte sich an alles das. Und ich denke, daß ihn später die Erinnerung an ihre Stimme zu Tränen bewegt hat, und daß er sie lange gesucht hat, ohne sie zu finden, an den Winterabenden.

Denn siehst du, die kleinen Prostituierten treten nur einmal aus der nächtlichen Menge, um ein Gutes zu tun. Die arme Anne kam dem Thomas de Quincey, dem Opiumtrinker zu Hilfe, da er unter den großen Lampen der breiten Oxfortstreet ohnmächtig hinsank. Mit feuchten Augen brachte sie ein Glas Wein an seine Lippen, umarmte ihn und liebkoste ihn. Dann ging sie in die Nacht zurück. Vielleicht, daß sie bald starb. Sie hustete, sagt de Quincey, den letzten Abend, da ich sie sah. Vielleicht irrte sie noch in den Straßen umher; aber wie er sie auch suchte und dem

Gelächter der Leute trotzte, die er nach ihr fragte — Anne war für immer verloren. Später, da er ein warmes Haus hatte, dachte er oft mit Tränen, wie Anne nun bei ihm hätte leben können, statt daß er sie krank denken mußte, oder sterbend oder verzweifelt in dem Elend eines Londoner Bordells, und daß sie alle erbarmungswürdige Liebe ihres Herzens weggegeben.

Sieh, sie schreien in Mitleid zu euch und streicheln eure Hand mit ihrer mageren. Sie verstehen euch nur, wenn ihr sehr unglücklich seid; sie weinen mit euch und trösten euch. Die kleine Nelly kam zu dem Sträfling Dostojewski aus ihrem schlechten Hause und sah ihn fiebersterbend an, bange, mit ihren großen schwarzen zitternden Augen. Die kleine Sonja — sie lebte wie die andern — hat den Mörder Rodion umarmt, als er sein Verbrechen gestand. »Du bist verloren!« rief sie in Verzweiflung. Und erhob sich plötzlich und warf sich an seine Brust . . . »Nein, es gibt keinen Menschen jetzt auf der Erde, der unglücklicher ist als du!« rief sie ganz voll Mitleiden und brach in Tränen aus.

Wie Anne und wie jene ohne Namen, die den jungen und traurigen Bonaparte tröstete, so tauchte Nelly im Nebel unter. Dostojewski hat nicht gesagt, was aus der kleinen Sonja geworden ist, der blassen und mageren. Weder ich noch du wissen, ob sie Raskolnikow bis ans Ende seiner Buße helfen konnte. Ich glaube es nicht. Sie verging ganz sanft in seinen Armen, da sie zu viel gelitten und geliebt hatte.

Keine von ihnen, sieh, kann mit euch bleiben. Sie wären zu traurig, und sie schämen sich zu bleiben. Wenn ihr nicht mehr weint, wagen sie es nicht, euch anzusehen. Sie lehren euch, was sie lehren können, und gehen. Sie kommen durch Kälte und Regen, euch auf die Stirn zu küssen, eure Augen zu trocknen, und die bösen Dunkelheiten nehmen sie wieder auf. Vielleicht müssen sie woanders hingehen.

Ihr kennt sie nur, während sie mitleidig sind. Man soll

nicht an das andere denken. Man soll nicht an das denken, was sie in den Dunkelheiten tun könnten. Nelly in dem schlechten Hause, Sonja betrunken auf einer Straßenbank, Anne, die das leere Glas zu dem Weinhändler in der dunklen Gasse bringt — sie waren vielleicht grausam und lasterhaft. Es sind Geschöpfe aus Fleisch und Blut. Sie traten aus einem düsteren Durchgang, uns einen mitleidsvollen Kuß zu geben unter der leuchtenden Lampe der großen Straße. In diesem Augenblick waren sie göttlich.

Alles andre muß man vergessen.

Monelle schwieg und sah mich an:

Ich komme aus der Nacht, sagte sie, und gehe wieder in die Nacht zurück. Denn auch ich bin eine kleine Prostituierte.

Und Monelle sagte weiter:

Ich habe Mitleid mit dir, ich habe Mitleid mit dir, mein Geliebter.

Doch gehe ich in die Nacht zurück; denn es ist nötig, daß du mich verlierst, bevor du mich wiederfindest. Und wenn du mich wiederfindest, entkomme ich dir aufs neue.

Denn ich bin die, die allein ist.

Und Monelle sagte weiter:

Weil ich allein bin, wirst du mir den Namen Monelle geben. Aber es wird dir sein, als hätte ich die andern Namen alle. Und ich bin diese und diese, und diese auch, die keinen Namen hat.

Und ich werde dich unter meine Schwestern führen, die ich selbst sind und den Prostituierten ohne Verstand gleichen;

Und du wirst sie sehen, gequält von Eigensucht und Wollust und Grausamkeit und Stolz und Geduld und Mitleid, und dies, weil sie sich noch nicht gefunden haben;

Und du wirst sie sehen, wie sie weit gehen, sich zu suchen;

Und du wirst mich selbst finden und ich werde mich selbst finden; und du wirst mich verlieren und ich werde mich verlieren. Denn ich bin die, die verloren ist, sobald man sie gefunden hat.

Und Monelle sagte weiter:

An diesem Tag wird eine kleine Frau dich mit ihrer Hand berühren und davoneilen;

Denn alle Dinge sind flüchtig; aber Monelle ist das flüchtigste von allen.

Und bevor du mich wiederfindest, werde ich dich belehren in dieser Einöde, und du wirst das Buch von Monelle schreiben.

Und Monelle reichte mir einen hohlen Stecken, auf dem rosige Staubfäden brannten.

— Nimm diese Fackel, sprach sie, und brenne. Brenne alles auf Erden und am Himmel. Und brich den Stecken und lösch ihn aus, wenn du verbrannt hast, denn nichts soll weitergegeben werden;

Auf daß du der zweite Narthekopher seiest und mit Feuer zerstörest und das Feuer vom Himmel gekommen zum Himmel zurückkehre.

Und Monelle sagte weiter: Ich will zu dir von der Zerstörung sprechen.

Dies ist das Wort: Zerstöre, zerstöre, zerstöre. Zerstöre in dir, zerstöre um dich herum. Mach Platz für deine Seele und für die andern Seelen.

Zerstöre alles Gute und alles Böse. Die Schutthaufen sind die gleichen.

Zerstöre die alten Wohnungen der Menschen und die

alten Wohnungen der Seelen; die toten Dinge sind Spiegel, die entstellen.

Zerstöre, denn alle Schöpfung kommt aus der Zerstörung.

Und um der höheren Güte willen muß man die niedere Güte ausrotten. Und so erstehe das neue Gute, gesättigt mit Bösem. Und um eine neue Kunst zu erschaffen, muß man die alte Kunst zerbrechen. Die neue Kunst wird so dem Bildersturme gleichen.

Denn jeder Bau ist aus Trümmern gemacht, und nichts ist neu in dieser Welt als die Formen.

Aber man muß die Formen zerstören.

Und Monelle sagte weiter: Ich will dir von der Formwerdung sprechen.

Das Verlangen selbst nach dem Neuen ist nichts sonst als die Begierde der Seele, die sich zu formen strebt.

Und die Seelen werfen die alten Formen von sich, wie die Schlange ihre alte Haut von sich wirft.

Und die geduldigen Sammler alter Schlangenhäute betrüben die jungen Schlangen, denn sie haben eine magische Gewalt über diese.

Denn der, der die alten Schlangenhäute besitzt, hindert die jungen Schlangen, daß sie sich umformen.

Deshalb häuten die Schlangen ihren Leib in dem grünen Rinnsal eines tiefen Dickichts; und einmal jedes Jahr kommen die Jungen zusammen, um die alten Häute zu verbrennen.

Gleiche so den Jahreszeiten, die zerstören und bilden.

Baue selbst dein Haus und verbrenne es selbst.

Wirf nicht Schutt hinter dich; denn jeder soll sich seines eigenen Schuttes bedienen. Baue nicht in der vergangenen Nacht. Und laß, was du gebaut hast, gehen und treiben.

Betrachte deine neuen Gebäude mit der geringsten Begeisterung deiner Seele.

Für jedes neue Begehren mache dir neue Götter.

Und Monelle sagte weiter: Ich will dir von Göttern sprechen.

Laß die alten Götter sterben; bleibe nicht wie ein Klageweib an ihren Gräbern sitzen;

Denn die alten Götter heben sich weg aus ihren Gräbern;

Und beschütze die jungen Götter nicht, indem du sie in Bänder wickelst;

Auf daß jeder Gott sich weg hebe von dir, kaum daß er erschaffen ist;

Auf daß alle Schöpfung vergehe, kaum daß sie erschaffen ist;

Auf daß der alte Gott seine Schöpfung dem jungen Gott opfere, damit sie von ihm zerbrochen werde;

Auf daß jeder Gott ein Gott des Augenblickes sei.

Und Monelle sagte weiter: Ich will dir von den Augenblicken sprechen.

Betrachte Alles von der Seite des Augenblickes.

Laß dein Ich mit dem Zufall des Augenblickes gehen. Denke im Augenblick. Alles Denken, das dauert, ist Widerspruch.

Liebe den Augenblick. Alle Liebe, die dauert, ist Haß. Sei ehrlich mit dem Augenblick. Alle Ehrlichkeit, die dauert, ist Lüge.

Sei gerecht für den Augenblick. Alle Gerechtigkeit, die dauert, ist Unrecht.

Handle für den Augenblick. Alles Tun, das dauert, ist ein verstorbenes Reich.

Sei glücklich mit dem Augenblick. Alles Glück, das dauert, ist Unglück.

Habe Achtung vor allen Augenblicken, und mache keine Verhältnisse zwischen den Dingen.

Verspäte nicht den Augenblick: Du würdest eine Agonie ermüden.

Sieh: jeder Augenblick ist eine Wiege und ein Sarg: auf daß jedes Leben und jedes Sterben dir fremd und neu erscheine.

Und Monelle sagte weiter: Ich will dir vom Leben und vom Tode sprechen.

Die Augenblicke gleichen Stäben, halb weiß und halb schwarz.

Richte dein Leben nicht ein auf dem mit den weißen Hälften gemachten Plane. Denn du würdest hierauf den mit den schwarzen Hälften gezeichneten Plan finden.

Es soll jede Schwärze durchkreuzt sein von der Erwartung der künftigen Weiße.

Sag nicht: ich lebe jetzt, ich sterbe morgen. Teile nicht die Wirklichkeit ein in das Leben und den Tod. Sag: jetzt lebe und sterbe ich.

Erschöpfe in jedem Augenblick die positive und negative Ganzheit der Dinge.

Die Herbstrose dauert eine Zeit; jeden Morgen öffnet sie sich; jeden Abend schließt sie sich.

Gleiche den Rosen: öffne deine Blätter dem Zerpflücken der Wollüste, dem Zerstampfen der Schmerzen.

Daß jede deiner Ekstasen in dir sterben solle, jede Wollust zu sterben verlange.

Daß jeder Schmerz in dir das Niederlassen eines Insektes sei, das wieder auffliegen wird. Schließe dich nicht über dem nagenden Insekt. Werde nicht verliebt in diese schwarzen Laufkäfer.

Daß jede Freude in dir das Niederlassen eines Insektes sei, das wieder auffliegen wird. Schließe dich nicht über dem saugenden Insekt. Werde nicht verliebt in diese goldenen Glanzkäfer.

Daß alle Einsicht leuchte und erlösche in dir die Dauer

eines Blitzes.

Daß dein Glück geteilt sei in Wetterleuchten. So wird dein Teil Freude gleich sein dem der andern.

Betrachte das Universum atomistisch.

Widerstehe nicht der Natur. Stelle nicht gegen die Dinge die Füße deiner Seele. Daß deine Seele nicht ihr Gesicht wegwende wie das schlechte Kind.

Leb in Frieden mit dem roten Licht des Morgens und dem grauen Schimmer des Abends. Sei die Morgenröte gemengt mit der Dämmerung.

Menge den Tod mit dem Leben und teile beides in Augenblicke.

Erwarte nicht den Tod: er ist in dir. Sei sein Kamerad und drück ihn an dich; er ist wie du selbst.

Stirb an deinem Tod; beneide nicht die alten Tode. Ändre die Arten des Todes mit den Arten des Lebens.

Halte jede unsichere Sache für lebend, jede sichere Sache für tot.

Und Monelle sagte weiter: Ich will dir von den toten Sachen sprechen.

Verbrenne sorgfältig die Toten, und streu ihre Asche in die vier Winde des Himmels.

Verbrenne sorgfältig die vergangenen Taten und zerstäube die Asche; denn der Phönix, der daraus entstehen würde, wäre der gleiche.

Spiele nicht mit den Toten und streichle nicht ihr Antlitz. Lache nicht über sie und weine nicht über sie: vergiß sie.

Kümmere dich nicht um vergangene Dinge. Gib dich nicht damit ab, schöne Särge für die vergangenen Augenblicke zu machen: denke daran, die Augenblicke zu töten, die kommen.

Habe Mißtrauen für alle Leichname.

Umarme die Toten nicht: denn sie ersticken die Lebenden.

Achte das Tote so, wie man die Bausteine achten muß.

Beschmutze deine Hände nicht die gebrauchten Wege entlang. Reinige deine Finger in neuen Wässern.

Atme den Atem deines Mundes und sauge nicht toten Atem ein.

Betrachte die vergangenen Leben nicht mehr als dein vergangenes Leben. Sammle nicht leere Hüllen.

Trag keinen Friedhof in dir, die Toten geben die Pest.

Und Monelle sagte weiter: Ich will dir von deinen Handlungen sprechen.

Daß jede dir übergebene tönerne Schale sich erschöpfe in deinen Händen. Zerbrich jede Schale, aus der du getrunken hast.

Blase aus die Lampe des Lebens, die der Läufer dir hinhält. Denn jede alte Lampe schwelt.

Vermache nichts dir selber, nicht Lust, nicht Schmerz.

Sei nicht Sklave irgendeines Kleides, des Körpers oder der Seele. Schlage niemals mit derselben Fläche der Hand.

Bespiegle dich nicht im Tode; laß dein Bild vom fließenden Wasser hinwegtragen.

Fliehe die Ruinen und weine nicht zwischen ihnen.

Wenn du des Abends deine Kleider von dir legst, so entkleide dich auch deiner Seele des Tages; mache dich nackt für alle Augenblicke.

Jede Genugtuung wird dir tödlich scheinen. Peitsche sie im voraus.

Verdaue nicht die vergangenen Tage: nähre dich von künftigen Dingen.

Bekenne nicht die vergangenen Dinge, denn sie sind tot; bekenne vor dir die künftigen Dinge.

Steige nicht ab, Blumen längs des Weges zu pflücken. Begnüge dich mit dem Anblick. Aber laß ihn und schau nicht zurück.

Schau niemals zurück: hinter dir läuft das Schnauben der Flammen von Sodom, und du würdest in eine Säule versteinerter Tränen verwandelt werden.

Verwundere dich über nichts aus einem Vergleichen mit der Erinnerung; verwundere dich über alles aus der Neuheit der Unwissenheit.

Verwundere dich über alles; denn alles ist verschieden im Leben und ähnlich im Tode.

Baue in den Verschiedenheiten; zerstöre in den Ähnlichkeiten.

Wende dich nicht zu fortdauernden Dingen; sie gibt es nicht auf Erden noch im Himmel.

Wäre die Vernunft fortdauernd, du würdest sie zerstören und du ließest deine Sinne wechseln.

Fürchte nicht, dir zu widersprechen; es gibt keinen Widerspruch im Augenblick.

Liebe nicht deinen Schmerz; denn er wird nicht dauern. Betrachte deine Fingernägel, die sich abstoßen, und die Schuppen deiner Haut, die fallen.

Sei aller Dinge vergeßlich.

Mit einem gespitzten Pfriem sollst du geduldig deine Erinnerungen töten, wie der alte Kaiser die Fliegen tötete.

Mache dein Glück nicht dauern von der Erinnerung bis in die Zukunft.

Erinnere dich nicht und sieh nicht voraus.

Sag nicht: ich arbeite, um zu erwerben: ich arbeite, um zu vergessen. Sei vergeßlich des Erwerbes und der Arbeit.

Erhebe dich gegen alle Arbeit; gegen alle Tätigkeit, die den Augenblick überschreitet, erhebe dich.

Daß dein Weg nicht von einem Ziel zu einem andern gehe; denn ein solches gibt es nicht; aber daß jeder deiner Blicke ein besserer Blick nach vorne sei.

Du wirst mit deinem linken Fuß die Spur deines rechten Fußes verwischen.

Die rechte Hand soll nicht wissen, was die linke Hand tut.

Kenne dich selbst nicht.

Kümmere dich nicht um deine Freiheit: vergiß dich dir selbst.

Und Monelle sagte weiter: Ich will dir von meinen Worten sprechen.

Die Worte sind Worte, während sie gesprochen werden.

Die aufbewahrten Worte sind tot und zeugen die Pest.

Höre meine gesprochenen Worte und handle nicht nach meinen geschriebenen Worten.

Nachdem sie so auf der Heide gesprochen hatte, schwieg Monelle und wurde traurig; denn sie mußte in die Nacht zurück.

Und sie sagte mir von weitem:

Vergiß mich und ich werde dir wiedergegeben sein.

Und ich blickte über die Heide und sah die Schwestern der Monelle sich erheben.

DIE SCHWESTERN DER MONELLE

DIE EGOISTIN

Über den Heckenzaun, der das graue Erziehungshaus oben auf der Felsküste umgab, streckte sich ein Kinderarm mit einem Päckchen, um das ein schmales rosenrotes Seidenband gewickelt war. —

— Nimm das zuerst, sagte eine Kleinmädchenstimme. Gib acht: es ist zerbrechlich. Nachher hilfst du mir.

Ein feiner Regen fiel gleichmäßig auf die ausgehöhlten Felsen, die tiefe Bucht, und durchsiebte die zurückfließenden Wellen am Klippenrand. Der Fischerjunge, der an der Einzäunung aufpaßte, kam näher und sagte ganz leise:

— Komm doch du zuvor, beeil dich.

Das Mädchen rief:

— Nein, nein, nein! Ich kann nicht. Nimm das Papier. Ich will die Sachen, die mir gehören, mitnehmen. Egoist! Egoist! Mach! Ganz naß läßt du mich werden.

Der Junge verzog den Mund und griff nach dem Päckchen. Das feucht gewordene Papier zerriß, und in den Schmutz rollten gelbe und violette mit Blumen bedruckte Seidenstückchen, Samtbändchen, eine kleine Puppenhose aus Batist, ein hohles goldenes Kreuz mit einem Schloß und eine ganz neue Spule roter Faden. Die Kleine kam über den Zaun; sie zerstach sich ihre Hände an den harten Astspitzen, und ihre Lippen bebten.

— Da hast du's, sagte sie. Du bist so eigensinnig. Alle meine Sachen sind verdorben.

Die Nase ging in die Höh, die Augenbrauen zogen sich zusammen, der Mund wurde breit — und das Mädchen fing zu weinen an:

— Laß mich, laß mich. Ich will dich nicht mehr sehen. Mach, daß du fortkommst. Du bringst mich zum Weinen. Ich will zurück zum Fräulein.

Dann suchte sie traurig ihre Sachen zusammen.

— Meine hübsche Spule ist verloren, sagte sie. Und ich wollte Lilis Kleid sticken!

Aus der weit offnen Tasche ihres kurzen Rockes guckte ein kleiner regelmäßiger Porzellankopf mit einem außerordentlichen Schopf blonder Haare.

— Komm, sagte leise der Junge. Sicher sucht dich das Fräulein schon.

Sie ließ sich fortziehen, während sie sich die Augen mit dem tintenfleckigen Handrücken wischte.

— Und warum heut morgen auf einmal? fragte der Junge. Gestern wolltest du nicht mehr.

— Sie hat mich mit ihrem Besenstiel geschlagen, erzählte das kleine Mädchen und drückte die Lippen aufeinander. Geschlagen und mich im Kohlenschrank eingesperrt, mit allen Spinnen und Tieren. Wenn ich zurückkomme, dann steck ich den Besen in ihr Bett und zünde das Haus an mit den Kohlen und töte sie mit der Schere; ja, das tu ich. (Sie machte ein spitzes Mündchen.) Oh! nimm mich mit fort, daß ich sie nie mehr wiedersehe. Ich fürcht mich vor ihrer dünnen Nase und vor ihrer Brille. Aber ich habe mich gut gerächt, bevor ich davonging. Weißt du, sie hat das Porträt ihres Papa und ihrer Mama in Samt auf dem Kamin stehen. So ganz Alte, weißt du, nicht wie meine Mama. Aber du kannst das nicht wissen. Ich hab sie ganz mit Sauerampfersalz verschmiert. Sie sehen gräßlich aus. Es ist gut geworden. — Du könntest etwas sagen, übrigens.

Der Junge schaute auf das Meer. Es war düster und neblig. Ein Regenvorhang bedeckte die ganze Bucht. Man sah weder die Klippen noch die Bojen. Manchmal bekam das aus fadenförmigen Tröpfchen gewobene Laken ein Loch, und man sah Bündel schwarzer Algen.

— Wir können diese Nacht nicht weiter, sagte der Junge. Wir müssen in die Zollhütte gehen, da gibt es Heu.

— Ich will nicht, das ist schmutzig! rief das Mädchen.

— Wie du willst. Du möchtest wohl gar dein Fräulein

wiedersehn?

— Egoist! Ich hab nicht gewußt, schluchzte die Kleine, daß du so bist. Hätte ich's doch gewußt! mein Gott, ich kannte dich nicht!

— Du hättest ja nicht fortzugehen brauchen. Wer hat mich gerufen, unlängst morgens, wie ich auf der Landstraße vorbeikam?

— Ich? O du Lügner! Ich wär nicht fort, wenn du mir's nicht gesagt hättest. Ich hatte Furcht vor dir. Aber jetzt will ich gehen. Ich mag nicht im Heu schlafen. Ich will mein Bett.

— Du bist frei, sagte der Junge.

Sie zog die Schultern hoch und schritt weiter neben ihm. Nach einer Weile:

— Wenn ich's doch tue, so ist's, weil ich naß bin, nur darum.

Die Hütte lag am Strand; das trockne Schilf, das vom Dach zum Boden hing, rauschte leise. Sie schoben das Brett vom Eingang fort. Im Hintergrund war eine Art Verschlag aus Kistendeckeln und mit Heu gefüllt.

Das Mädchen setzte sich. Der Junge wickelte ihre Füße und Beine in trocknes Gras ein.

— Das sticht, sagte sie.

— Das macht warm, sagte der Junge.

Er setzte sich an die Türe hin und schaute hinaus. Die Feuchtigkeit machte ihn leicht mit den Zähnen klappern.

— Du frierst doch nicht gar! sagte das Mädchen. Dann wirst du krank und was soll ich machen!

Der Junge schüttelte den Kopf. Und sie saßen schweigend. Trotz des bedeckten Himmels spürte man die Dämmerung.

— Ich hab Hunger, sagte das Mädchen. Heute abend gibt es Entenbraten mit Kastanien beim Fräulein. O du hast an nichts gedacht, an gar nichts. Ich habe Brotrinde aus der Suppe mitgenommen. Da!

Sie streckte ihm die Hand hin. Ihre Finger waren ganz beschmiert mit einer kalten Brühe.

— Ich will Krabben suchen, sagte der Junge. Es gibt sie da draußen bei den schwarzen Felsen. Ich nehme den Zollkahn unten.

— Ich werde mich allein fürchten.

— Willst du nicht essen?

Sie gab keine Antwort.

Der Junge streifte die Halme von seinem Wollhemd und schlüpfte hinaus. Der graue Regen hüllte ihn ein. Sie hörte das schmatzende Geräusch seiner Schritte im Schlamm.

Dann kamen starke Böen und die große Stille im rhythmischen Takte schweren Regens. Und stärker und trauriger kam die Nacht. Das Abendessen bei dem Fräulein war vorüber. Die Zeit zum Schlafengehen war vorüber. Dort schlief nun alles unter den Hängelampen in den weißen gesäumten Kissen. Ein paar Möwen schrien den Sturm. Der Wind heulte, und die Wogen schossen in die Klipphöhlen. Das Mädchen schlief in Erwartung ihres Abendessens ein, wachte wieder auf. Der Junge spielt sicher mit den Krabben. Dieser Egoist! Sie wußte ganz gut, daß die Boote immer auf dem Wasser schwimmen. Die Leute ertrinken, wenn sie kein Boot haben.

— Der wird schauen, wenn er mich schlafen sieht, sagte sie zu sich. Ich werde mich so stellen und kein Wort antworten, wenn er was sagt. Ja, das mach ich.

Gegen Mitternacht erwachte sie unter dem Schein einer Laterne. Ein Mann in einer spitzen Kapuze entdeckte sie, zusammengekauert wie eine Maus. Ihr Körper glitzerte von Wasser und Licht.

— Wo ist die Barke? fragte er.

Und sie rief voll Ärger und Zorn:

— Hab ich's doch gewußt! Er hat keine Krabben für mich gefunden und hat das Boot verloren!

21

DIE WOLLÜSTIGE

Schrecklich das, — sagte das kleine Mädchen, — es blutet weißes Blut. Sie grub ihre Nägel in die grünen Mohnköpfe. Ihr kleiner Kamerad schaute ganz ruhig zu. Sie hatten Räuber gespielt zwischen den Kastanienbäumen, hatten die Rosen mit frischen Kastanien bombardiert, die jungen Schösse enthauptet und die junge miauende Katze auf den Zaun gesetzt. Ganz unten im dunklen Garten, wo ein weitästiger Baum stand, war Robinsons Insel gewesen. Eine Gartenspritze hatte als Kriegsdrommete gegen die Angriffe der Wilden gedient. Gräser mit langen schwarzen Häuptern wurden zu Gefangenen gemacht und geköpft. Einige blaue und grüne Kugelkäfer, die erbeutet worden waren, hoben schwerfällig ihre Flügeldecken im Wasser des Brunnenbeckens. Sie hatten den Sand in den Alleen mit Wasser weggeschwemmt, um schwerbepackten Armeen Weg zu machen. Jetzt griffen sie einen Wiesenhügel heftig an. Die untergehende Sonne hüllte sie in ein verklärtes Licht.

Sie streckten sich etwas müde auf dem eroberten Platze aus und bestaunten die fernen scharlachnen Nebel des Herbstes.

— Wenn ich Robinson wäre, sagte der Junge, und du Freitag und wenn dort unten ein großer Strand wäre, so gingen wir die Fußspuren der Kannibalen im Sand suchen.

Sie dachte darüber nach und fragte: — Hat Robinson den Freitag geschlagen, daß er ihm gehorcht?

— Ich erinnere mich nicht mehr. Aber die alten häßlichen Spanier haben sie verhauen und die Wilden aus dem Land, wo Freitag her war.

— Ich mag diese Sachen nicht, sagte das Mädchen; das sind Spiele für Jungens. Es wird dunkel. Wenn wir uns Geschichten erzählen würden, wir würden uns fürchten, vor der Wirklichkeit.

— Vor der Wirklichkeit?

— Na, glaubst du denn, daß das Haus des Menschenfressers mit den langen Zähnen nicht wirklich jeden Abend im dunklen Wald erscheint?

Er schaute sie an und schlug die Zähne aufeinander:

— Und als er die sieben kleinen Prinzessinnen aufaß, da machte es njam, njam, njam.

— Nein, nicht, sagte sie; man kann entweder nur Menschenfresser sein oder Däumling. Niemand kennt den Namen der kleinen Prinzessinnen. Wenn du willst, so mache ich das Dornröschen im Schloß, und du kommst mich aufwecken. Du mußt mich sehr stark küssen. Die Prinzen küssen schrecklich, mußt du wissen.

Er fühlte sich schüchtern und meinte:

— Ich glaube, es ist schon zu spät, um im Gras zu schlafen. Dornröschen lag in ihrem Bett, in einem Schloß ganz verwachsen mit Blumen und Dornen.

— Dann spielen wir Blaubart, sagte sie: Ich bin deine Frau, und du verbietest mir, das kleine Zimmer zu betreten. Fang an: Du kommst, um mich zu freien. »Mein Herr, ich weiß nicht . . . Ihre sechs Frauen sind auf so geheimnisvolle Weise verschwunden. Es ist ja wahr, Sie haben einen schönen und großen blauen Bart und wohnen in einem herrlichen Schloß. Werden Sie mir niemals was zu Leid tun, nie, nie?«

Sie fragte ihn mit einem bittenden Blick.

— Jetzt also hast du um mich angehalten, und meine Eltern waren nicht dagegen. Wir sind nun verheiratet. Gib mir alle Schlüssel. »Und wozu ist dieser ganz kleine hübsche da?« jetzt verbietest du mir mit lauter Stimme zu öffnen.

Jetzt, jetzt gehst du fort, und ich bin sofort ungehorsam. »Oh! Schrecklich! Sechs gemordete Frauen!« Ich falle in Ohnmacht, und du kommst und stützt mich. So. Dann kommst du als Blaubart zurück. Du bist übelgelaunt. »Mein Herr Gemahl, hier sind alle Schlüssel, die Ihr mir anvertraut habt.« Du fragst mich nach dem kleinen Schlüssel. »Mein Gemahl, ich weiß nicht, ich hab ihn nicht angerührt.« Nun schreist du. »Mein Gemahl, verzeiht mir, hier ist er: er war ganz zuunterst in meiner Tasche.«

Jetzt schaust du den Schlüssel an. War Blut an dem Schlüssel? — Ja, sagte der Junge, ein Blutfleck.

— Ich erinnere mich, sagte das Mädchen. Ich habe daran gerieben, aber das Blut ging nicht weg. Das war das Blut der sechs Frauen, nicht?

— Ja, von den sechs Frauen.

— Er hatte sie alle getötet, nicht wahr, weil sie in das Zimmer gegangen waren? Wie hat er sie getötet? Schnitt ihnen den Hals ab und hing sie auf in dem schwarzen Zimmer? Und das Blut lief ihnen an den Füßen hinunter bis auf den Boden? Rotes, ganz schwarzrotes Blut, nicht wie das von den Mohnköpfen, wenn ich dran kratze. Man muß knien, wenn man den Hals abgeschnitten bekommt, nicht?

— Ich glaube, sagte er, man muß knien.

— Das wird riesig lustig sein, sagte sie. Und du wirst mir ganz wirklich den Hals abschneiden?

— Natürlich, sagte er, aber Blaubart konnte sie nicht trösten.

— Das macht nichts. Weshalb hat der Blaubart nicht seiner Frau den Kopf abgeschnitten?

— Weil ihre Brüder gekommen sind.

— Sie hatte Angst, nicht wahr?

— Große Angst.

— Und schrie?

— Sie rief nach ihrer Schwester Anna.

— Ich, ich hätte nicht geschrien.

— Ja, sagte der Junge, aber Blaubart hätte Zeit gehabt, dich zu töten. Die Schwester Anna war auf dem Turm und sah das Gras, wie es grünte. Ihre Brüder, die sehr starke Musketiere waren, kamen im Galopp auf ihren Pferden.

— Ich mag so nicht spielen, sagte das kleine Mädchen.

Das langweilt mich. Denn ich hab doch gar keine Schwester Anna.

Sie drehte sich artig zu dem Jungen:

— Weil meine Brüder nicht kommen werden, mußt du mich töten, mein kleiner Blaubart, mich stark, stark töten!

Sie kniete hin. Er packte ihr Haar und legte es nach vorn; dann hob er die Hand.

Langsam, mit geschlossenen Augen und zitternden Lidern, die Mundwinkel von einem nervösen Lächeln bewegt, hielt sie den Flaum ihres Nackens und den Hals und ihre wollüstig eingezogenen Schultern dem grausamen Streich von Blaubarts Säbel hin.

— Oh . . . Au! schrie sie, das wird mir weh tun!

DIE PERVERSE

Madge!

Die Stimme stieg durch eine viereckige Öffnung des Fußbodens herauf. Das runde Dach durchquerte ein mächtiger glatter Eichstamm, der sich mit Geknarr drehte. Der große Flügel aus grauem Tuch, das an das Holzskelett genagelt war, flog draußen vor der Dachluke im Sonnenstaub. Grade darunter schien es, als ob zwei steinerne Tiere nach allen Regeln miteinander kämpften, während die ganze Mühle schnaufte und im Grunde zitterte. Alle fünf Sekunden durchschnitt ein langer gerader Schatten den kleinen Raum. Die Leiter, die bis ins Dachinnere hinaufreichte, war ganz weiß von Mehl.

— Madge, kommst du? ließ sich die Stimme von unten wieder vernehmen. Madge hatte ihre Hand auf die eichene Radachse gelegt. Das fortwährende Reiben kitzelte ihr die Haut. Etwas vorgebeugt sah sie in das flache Land hinaus. Der Hügel, auf dem die Mühle stand, hob sich darin wie ein geschorener Kopf in die Höh. Die Flügel berührten im Drehen fast das kurze Gras, auf dem sich ihre Schatten verfolgten, ohne sich je zu erreichen. So mancher Esel schien sich an der kaum beworfenen Mauer den Rücken gerieben zu haben, denn der abgefallene Verputz zeigte die grauen Flecken der Steine. Vom Fuß des Hügelchens lief ein kleiner Pfad, den eine ausgetrocknete Wagenspur furchte, bis hinab zu einem weiten Weiher, in den rote Blätter tauchten.

— Madge, wir gehen! rief die Stimme wieder.

— Gut, so geht doch, sagte Madge ganz leise.

Die kleine Türe der Mühle knarrte. Madge sah die zitternden Ohren des Esels, und wie er vorsichtig seine Hufe aufs Gras setzte. Ein voller Sack hing ihm auf dem Rücken. Der alte Müller und sein Knecht stießen ihn ins Hinterteil.

27

Alle drei stiegen sie den gefurchten Pfad hinunter. Madge blieb allein, den Kopf durch die Dachluke hinausgestreckt.

Als ihre Eltern sie eines Abends auf dem Bauch liegend im Bett gefunden hatten, den Mund voll mit Sand und Kohle, da hatten sie einige Ärzte um Rat gefragt. Die meinten, man solle Madge aufs Land schicken, damit ihre Arme, Beine und Rücken müde würden. Aber seitdem sie in der Mühle war, flüchtete sie sich gleich bei Sonnenaufgang unter das kleine Dach und sah dem sich drehenden Schatten der Flügel zu.

Plötzlich fuhr ihr ein Zittern durch den ganzen Leib. Jemand hatte den Türriegel zurückgeschoben.
— Wer ist da? fragte Madge durch die Luke im Boden.
Und sie hörte eine schwache Stimme:
— Ob ich etwas zu trinken haben könnte: ich habe solchen Durst.
Madge schaute durch die Leitersprossen. Es war ein alter Bettler von der Straße. Er hatte ein Brot in seinem Bettelsack.
— Er hat Brot, dachte Madge; schade, daß er nicht Hunger hat.
Sie liebte die Bettler, wie die Raben, die Schnecken und die Kirchhöfe, mit einem gewissen Grauen.
Sie rief:
— Wartet ein wenig!
Dann stieg sie die Leiter herunter, das Gesicht nach vorne. Unten angelangt sagte sie:
— Ihr seid wohl recht alt — und habt großen Durst?
— O ja, mein liebes kleines Fräulein, sagte der Alte.
— Die Bettler haben Hunger, fing Madge entschlossen an. Ich habe den Mauerkalk gern. Da.
Sie riss eine weiße Kruste von der Wand, steckte sie in den Mund und kaute. Dann sagte sie:
— Alle sind fort. Ich habe kein Glas. Da ist die Pumpe.

Sie wies auf das gebogene Rohr. Der alte Bettler bog sich nieder. Während er trank, den Mund ganz an der Öffnung, zog ihm Madge ganz behutsam das Brot aus dem Sack und schob es in einen Haufen Mehl.

Als er sich umwandte, tanzten Madges Augen.

— Dort unten, sagte sie, ist der große Teich. Daraus können die Armen trinken.

— Wir sind keine Tiere, sagte der Alte.

— Nein, aber unglücklich seid Ihr. Wenn Ihr hungrig seid, ich stehle ein bißchen Mehl und geb es Euch. Mit Wasser aus dem Weiher könnt Ihr Euch am Abend dann Teig machen.

— Rohen Teig! sagte der Bettler. Man hat mir ein Brot gegeben, Fräulein, ich danke schön.

— Und was würdet Ihr tun, wenn Ihr kein Brot hättet? Wenn ich so alt wäre, ich würde mich ertränken. Die Ertrunkenen sollen sehr glücklich sein. Sie sollen sehr schön sein. Ihr tut mir sehr leid, armer Alter.

— Gott sei mit Ihnen, gutes Fräulein, sagte der Alte. Ich bin recht müde.

— Und Ihr werdet Hunger haben heute Abend, rief ihm Madge nach, während er den Hügel hinabstieg. Nicht wahr, mein Lieber? Ihr werdet Hunger haben? Da müßt Ihr Euer Brot essen. Müßt es in das Teichwasser tauchen, wenn Eure Zähne schlecht sind. Der Teich ist sehr tief.

Madge horchte den Schritten nach bis sie verklangen. Sie zog leise das Brot aus dem Mehl und betrachtete es. Es war ein Stück schwarzen Bauernbrots, jetzt ganz mit Mehl bestaubt.

— Puh! machte Madge. Wenn ich arm wäre, würde ich in den schönen Bäckerläden weißes Brot stehlen.

Als der Müller heimkam, lag Madge auf dem Rücken, mit dem Kopf im Mahlkorn. Sie drückte das Brot an die Brust mit beiden Händen; und mit vortretenden Augen, aufgeblähten Wangen, ein Stückchen violetter Zunge zwischen den zusammengepreßten Zähnen, versuchte sie das Bild nachzuahmen, das sie sich von einem Ertrunkenen machte.

Nach der Suppe sagte Madge:

— Nicht wahr, Meister, vor langer, langer Zeit einmal lebte ein ungeheurer Riese in dieser Mühle, der sein Backmehl aus Menschenknochen mahlte.

Der Meister sagte:

— Das sind Märchen. Aber unter dem Hügel da sind Zimmer aus Stein, die wollte mir einmal so eine Gesellschaft abkaufen, um sie auszugraben. Aber lieber reiße ich meine Mühle nieder.

Die sollen nur ihre alten Gräber in ihren Städten aufgraben. Das fault genug.

— Das muß geknackt haben, und wie! Tote Menschenknochen, sagte Madge. Mehr als Ihr Korn, Meister. Und der Riese buk sehr gutes Brot daraus, und er aß es — ja, er aß es.

Jean, der Knecht, zog die Schultern hoch. Das Ächzen der Mühle hatte aufgehört. Der Wind blähte die Flügel nicht mehr. Die beiden runden Steintiere hatten zu streiten aufgehört. Das eine ruhte still an dem andern.

— Jean sagte mir einmal, begann Madge wieder, daß man die Ertrunkenen auffinden kann mit einem Stück Brot, in das man Quecksilber getan hat. Man macht ein kleines Loch in die Rinde und schüttet es hinein. Dann wirft man das Brot ins Wasser, und es bleibt stehen, gerade über dem Ertrunkenen.

— Was weiß ich, sagte der Müller. Das ist keine Beschäftigung für ein junges Fräulein. Was sind das für Geschichten, Jean!

— Fräulein Madge hat mich darum gebeten, antwortete der Knecht.

— Ich, ich werde Schrot hineintun, sagte Madge. Hier

gibt es kein Quecksilber. Vielleicht findet man Ertrunkene im Teich.

Vor der Tür erwartete sie die Dunkelheit, ihr Brot unter der Schürze, kleine Bleistückchen fest in der Faust. Der Bettler mußte hungrig geworden sein. Er hatte sich im Teich ertränkt. Sie würde seinen Leichnam heraufholen, und wie der Riese würde sie dann aus den Knochen des Toten Mehl mahlen und Teig kneten können.

DIE BETROGENE

Wo die beiden Kanäle zusammenstießen, war eine hohe schwarze Schleuse; das schlafende Wasser war grün bis in den Schatten der Mauern; gegen die Hütte des Schleusenwärters, die aus Brettern und ohne eine Blume war, schlug der Wind die Fensterladen; durch die halboffne Tür sah man das schmale blasse Gesicht eines kleinen Mädchens, die Haare offen hängend und das Kleid zwischen die Beine geschoben. Oben am Rand des Kanals hoben und senkten sich Brennesseln; geflügelter Grassamen des Spätherbstes strich durch die Luft und kleine Wölkchen weißen Staubes. Die Hütte schien leer; das Land war trostlos; ein Streifen gelblichen Rasens verlor sich am Horizont.

Als das kurze Licht des Tages abblaßte, hörte man das Fauchen eines kleinen Schleppdampfers. Er tauchte jenseits der Schleuse auf, das Gesicht ganz voll von der Kohle des Schlotes, der träg aus seinem Blechkasten schaute; vom Hinterdeck rollte sich eine Kette ins Wasser ab. Dann kam schwebend und ruhig eine lange und flache braune Barke; auf ihrer Mitte trug sie ein weißgestrichenes Häuschen, dessen kleine Scheiben waren kreisrund und angebräunt. Rote und gelbe Schlingpflanzen kletterten um die Fenster, und zu beiden Seiten des Türeingangs standen hölzerne erdgefüllte Kübel, mit Vergißmeinnicht, Reseda und Geranium.

Ein Mann, der ein nasses Hemd klatschend über die Bordwand schlug, sagte zu dem, der mit dem Bootshaken hantierte:

— Mahot, willst'n Happen essen, solang wir da auf die Schleuse warten?

— Nicht übel, antwortete Mahot,

Er befestigte den Haken, sprang über einen Stoß

zusammengerolltes Seil und setzte sich zwischen die beiden Blumenkübel. Sein Kamerad schlug ihn auf die Schulter, ging in das weiße Häuschen und brachte ein Paket in einem fetten Papier, ein langes Stück Brot und einen irdenen Krug. Der Wind warf die fettige Hülle auf die Vergißmeinnicht. Mahot nahm sie weg und warf sie gegen die Schleuse hin. Sie flog dem kleinen Mädchen zwischen die Füße.

— Guten Appetit, da oben, rief der Mann, wir machen Mittag. Er fügte hinzu:

— Der Indier, Ihnen zu dienen, Landsmännin. Kannst deinen Schulfreundinnen sagen, daß wir hier vorbeigekommen sind.

— Bist du ein Aufschneider, Indier, sagte Mahot. Laß doch das Mädel. Ist nur, weil er eine braune Haut hat, Fräulein; wir nennen ihn auf dem Schiff so.

Und eine kleine dünne Stimme antwortete ihnen:

— Wohin fahrt ihr?

— Wir fahren Kohle nach dem Süden, rief der Indier.

— Wo es Sonne gibt? sagte die kleine Stimme.

— So viel, daß sie dem Alten die Haut gegerbt hat, antwortete Mahot.

Und nach einer Weile wieder die kleine Stimme:

— Wollt ihr mich mit euch nehmen?

Mahot hielt im Kauen ein, und der Indier stellte den Krug hin, um zu lachen.

— Seh doch einer! rief Mahot. Das Fräulein! Und deine Schleuse?

— Morgen in der Frühe werden wir's sehen. Der Papa wäre nicht erfreut.

— Ist man im Schwänzen groß geworden? frug der Indier.

Die kleine Stimme sagte gar nichts mehr, und das schmale blasse Gesichtchen verschwand in der Hütte.

Die Nacht schloß die Mauern des Kanals. Das grüne Wasser

stieg an den Toren der Schleuse hinauf. Man sah nichts als den Schimmer einer Kerze hinter den weißen und roten Vorhängen des Häuschens. Das Wasser schlug regelmäßig gegen den Kiel, und die Barke stieg schaukelnd höher. Kurz vor Tagesanbruch knirschten die Haspeln, die Ketten rollten auf, und durch die offene Schleuse zog das Boot weiter, von dem kleinen atemlosen Remorqueur geschleppt. Als die runden Fenster die ersten roten Wolken widerstrahlten, hatte die Barke schon diese trostlose Landschaft verlassen, wo der kalte Wind über die Brennesseln faucht.

Den Indier und Mahot weckte das zarte Plaudern einer Flöte, die sprach, und der kleinen Schläge gegen die Scheiben.

— Die Spatzen haben es heute nacht kalt gehabt, Alter, sagte Mahot.

— Nein, sagte der Indier, es ist eine Spätzin: die Kleine von der Schleuse. Sie ist da, wahrhaftig! Der Racker!

Sie konnten sich des Lachens nicht enthalten. Das kleine Mädchen war ganz rot vom Morgen und sprach mit seiner schmächtigen Stimme: Ihr habt's mir erlaubt, daß ich morgen früh komme. Jetzt ist morgen früh. Ich geh mit euch in die Sonne.

— In die Sonne? sagte Mahot.

— Ja. Ich weiß. Wo es blaue und grüne Fliegen gibt, die die Nacht hell machen; wo es Vögel gibt so groß wie ein Fingernagel, die auf den Blumen leben; wo die Trauben an den Bäumen hinaufsteigen; wo es Brot in den Zweigen gibt und Milch in den Nüssen, und Frösche, die wie große Hunde bellen und — Dinge, — die ins Wasser gehen, — Kürbisse — nein — Tiere, die ihre Köpfe in eine Schale hineinziehen. Man legt sie auf den Rücken. Man macht eine Suppe daraus. Kürbisse — Nein — ich weiß es nicht mehr — helft mir.

— Der Teufel hol mich, meinte Mahot, Schildkröten vielleicht?

— Ja, sagte die Kleine. Schildkröten.

— Nicht das alles, sagte Mahot. Und dein Papa?

— Papa, der hat mich das gelehrt.

— Das ist stark, sagte der Indier. Gelehrt was?

— Alles was ich sage, die Fliegen, die leuchten, die Vögel und die — Kürbisse. Ihr müßt wissen, Papa war Seemann, bevor er die Schleuse eröffnete. Aber Papa ist alt. Es regnet immer bei uns. Es gibt nur schlechte Pflanzen. Wißt ihr das nicht? Ich wollte einen Garten machen, einen hübschen Garten in unserm Haus. Draußen im Freien ist zu viel Wind. Ich hätte in der Mitte vom Zimmer die Bretter aus dem Fußboden genommen, gute Erde hingetan, und dann Gras und dann Rosen und dann rote Blumen, die sich nachts schließen, mit hübschen kleinen Vögeln, Nachtigallen, Ammern und Hänflingen zum Plaudern. Papa hat's mir verboten. Er hat gesagt, das würde das Haus verderben und würde Feuchtigkeit anziehen. Nun, ich wollte keine Feuchtigkeit. Also fahre ich mit euch dort hinunter.

Die Barke zog leise weiter. An den Ufern des Kanals gingen die Bäume vorbei, einer nach dem andern. Die Schleuse war schon weit. Man konnte das Boot nicht wenden. Der Remorqueur fauchte vorne.

— Aber du wirst nichts sehen, sagte Mahot. Wir fahren nicht aufs Meer. Niemals werden wir deine Fliegekäfer finden und nicht die Vögel und nicht die Frösche. Ein bißchen mehr Sonne wird's geben — das ist alles. — Nicht wahr, Indier?

— Stimmt, sicher, sagte der.

— Sicher? wiederholte das kleine Mädchen. Lügner! Ich weiß es ganz gut. Na!

Der Indier hob die Schultern:

— Brauchst deshalb nicht Hungers sterben. Komm deine Suppe essen, Kleine.

Und durch die grauen und grünen Kanäle, die kalten und milden, leistete ihnen die Kleine Gesellschaft auf der Barke, in Erwartung des Wunderlandes. Das Boot fuhr braune Felder entlang, auf denen die kleinen, grünen Halme standen, und das magere Strauchwerk bekam Laub; und die Saat wurde gelb, und die Klatschrosen bogen sich wie rote Becher gegen den Himmel. Aber die Kleine wurde nicht mit dem Sommer lustig. Zwischen den Blumentöpfen saß sie, während der Indier und Mahot mit den Bootshaken hantierten, und dachte, man habe sie betrogen. Wohl warf die Sonne ihre lustigen runden Flecken durch die kleinen Scheiben auf den Boden und kreuzten die Eisvögel über dem Wasser und die Schwalben — doch sie sah keine Vögel, die auf den Blumen leben, noch Trauben, die an den Bäumen hinaufklettern, noch dicke Nüsse voll Milch, noch Frösche, die wie Hunde sind.

Die Barke war im Süden angekommen. Die Häuser an den Kanalufern standen in Blättern und Blüten. Die Türen krönten rote Paradiesäpfel, und vor den Fenstern hatte die blaue Beißbeere Vorhänge aufgemacht.

— Das ist alles, sagte eines Tages Mahot. Jetzt werden wir bald die Kohlen ausladen und heimkehren. Der Papa wird froh sein, nicht? Die Kleine schüttelte den Kopf.

Und am Morgen, die Barke war noch vertäut, da hörten sie wieder kleine Schläge gegen die runden Scheiben, und — Lügner! rief eine kleine, feine Stimme.

Der Indier und Mahot traten aus dem kleinen Haus. Ein schmales bleiches Gesicht wandte sich ihnen zu, drüben auf dem Ufer; und die Kleine rief wieder, und wieder, während sie landeinwärts lief:

— Lügner! Ihr seid alle Lügner!

DIE WILDE

Jeden Morgen bei Tagesanbruch wurde Bûchette vom Vater
in den Wald geführt, und sie blieb da bei ihm sitzen,
während er die Bäume fällte. Bûchette sah, wie das Beil in
den Stamm fuhr und dünne Späne von der Rinde flogen;
und oft kam ihr graues Moos ins Gesicht. »Achtung!« rief
der Vater, wenn der Baum mit unterirdischem Krachen sich
auf die Seite neigte. Sie wurde ein bißchen traurig, wenn sie
den Riesen auf die Lichtung hingestreckt sah, mit seinen
zerbrochenen Ästen und verwundeten Zweigen. Am Abend
glühte ein rötlicher Kreis brennender Holzkohlen im
Schatten auf. Bûchette wußte die Stunde, wo sie den
Weidenkorb öffnen mußte, in dem für den Vater der Krug
und das braune Brot waren. Er machte es sich in dem
Astwerk, das herumlag, bequem und kaute bedächtig.
Bûchette aß ihre Suppe, wenn sie daheim waren. Sie lief
voraus, zwischen den gezeichneten Bäumen hindurch,
versteckte sich, wenn sie der Vater nicht sah, und stürzte
hervor: »Huhu!«

Es war da eine Höhle, die nannte man Heilige Jungfrau
vom Wolfsrachen, voll Dorngestrüpp und vielfacher Echos.
Auf den Fußspitzen betrachtete Bûchette sie oft von weitem.

An einem Herbstmorgen war es, die gelben Waldwipfel
brannten noch im Morgenrot, da sah Bûchette, wie sich vor
der Wolfsrachenhöhle etwas Grünes bewegte. Das Ding
hatte Arme und Beine, und der Kopf glich dem eines
Mädchens, das etwa so alt war wie Bûchette.

Zuerst fürchtete sich Bûchette näher heranzugehen.
Nicht einmal den Vater traute sie sich zu rufen. Sie dachte, es
sei eines jener Wesen, die antworteten, wenn man laut in die
Höhle hineinrief. Sie schloß die Augen aus Angst, eine
Bewegung zu machen und vielleicht angegriffen zu werden.
Und wie sie den Kopf neigte, hörte sie ein Schluchzen, das

von der Höhle her kam. Das merkwürdige grüne Kind weinte. Da machte Bûchette die Augen wieder auf, und Mitleid ergriff sie. Denn sie sah das grüne Gesicht dieses merkwürdigen Mädchens, sanft und traurig, ganz in Tränen und zwei kleine grüne Hände, die sie krampfhaft auf die Brust preßte.

— Sie ist vielleicht in häßliche Blätter gefallen, die abfärben, sprach Bûchette zu sich.

Und mutig stieg sie durch das dornige Gestrüpp auf die Höhle zu, daß sie beinah das sonderbare Geschöpf berührte. Kleine grünliche Arme streckten sich Bûchette aus verbleichten Wurzeln entgegen.

— Sie sieht mir ähnlich, sagte Bûchette bei sich, aber was für eine sonderbare Farbe!

Das weinende grüne Geschöpf war mit einem aus Blättern genähten Hemd halb bekleidet. Es war tatsächlich ein kleines Mädchen, das die Farbe von einer wilden Pflanze hatte. Bûchette dachte sich, seine Füße müßten in der Erde verwurzelt sein. Aber die Kleine bewegte sie sehr flink.

Bûchette strich ihr über das Haar und nahm sie bei der Hand. Sie ließ sich, immer noch weinend, fortziehen. Sprechen schien sie nicht zu können.

— Großer Gott! Eine grüne Teufelin! rief Bûchettes Vater, als er sie kommen sah. — Woher kommst du, Kleine, und warum bist du grün? Kannst du nicht antworten?

Man konnte nicht sehen, ob das grüne Mädchen verstanden hatte. »Vielleicht hat sie Hunger«, sagte er. Und reichte ihr das Brot und den Krug. Sie drehte das Brot in den Händen und warf es auf die Erde; sie schüttelte den Krug und horchte auf das Geräusch, das der Wein da machte.

Bûchette bat ihren Vater, er möchte doch das arme Geschöpf nicht nachts im Walde lassen. Die Holzkohlen verglimmten eine um die andere in der Dämmerung, und das grüne Mädchen sah zitternd in das Feuer. Als sie das kleine Haus betrat, floh sie vor dem Licht. Sie konnte sich nicht an die Flammen gewöhnen, und jedesmal, wenn man eine Kerze anzündete, stieß sie einen Schrei aus.

Als Bûchettes Mutter die Kleine sah, machte sie ein Kreuz: »Gott, steh mir bei, wenn das ein Teufel ist; aber ein Christenmensch ist es nicht.«

Das grüne Mädchen wollte weder Brot noch Wein noch Salz berühren, woraus klar schien, daß sie weder die Taufe noch das Abendmahl empfangen haben konnte. Man verständigte den Pfarrer, und er trat gerade über die Schwelle, als Bûchette der Kleinen grüne Schoten anbot.

Sie schien darüber sehr erfreut und machte sich gleich daran, die Stengel mit ihren Fingernägeln zu spalten, denn sie dachte, es seien darin die Bohnen. Enttäuscht wollte sie schon weinen, als Bûchette ihr eine Schote aufmachte. Dann knabberte sie an den Bohnen und schaute den Priester an.

Obschon man auch den Schullehrer kommen ließ, konnte man ihr kein menschliches Wort verständlich machen, noch einen deutlichen Laut von ihr hören. Sie weinte, lachte oder stieß Schreie aus.

Der Pfarrer untersuchte sie sehr genau, konnte jedoch an ihrem Körper kein höllisches Zeichen entdecken. Am nächsten Sonntag führte man sie in die Kirche, wo sie gar keine Unruhe zeigte; sie jammerte nur, als man sie mit Weihwasser naß machte. Aber sie fuhr nicht vor dem Bild des Kreuzes zurück und schien betrübt, als sie ihre Hände auf die heiligen Male und die Risse der Dornen legte.

Die Leute im Dorf waren alle sehr neugierig geworden; einige hatten Angst vor ihr; und trotz der Meinung des Pfarrers sprach man von ihr als der ›grünen Teufelin‹.

Sie nährte sich nur von Körnern und Früchten; und jedesmal wenn man ihr eine Hülsenfrucht oder einen Zweig gab, brach sie den Stengel oder das Holz auf und weinte vor Enttäuschung. Bûchette gelang es nicht, ihr beizubringen, wo sie die Körner oder die Kirschen suchen sollte, und ihre

Enttäuschung war immer dieselbe.

Durch Nachahmen lernte sie bald Holz und Wasser tragen, kehren, putzen und sogar nähen, wenn sie das Leinen auch mit einem gewissen Widerwillen berührte. Doch nie konnte sie sich dazu verstehen, Feuer anzumachen oder sich auch nur dem Herd zu nähern.

Bûchette war groß geworden, und ihre Eltern wollten sie in Dienst schicken. Das machte ihr Kummer, und nachts weinte sie leise unter der Bettdecke. Das grüne Mädchen sah voll Mitleiden auf seine kleine Freundin. Am Morgen schaute sie fest in Bûchettes Augen, und ihre eigenen füllten sich mit Tränen. Und des Nachts fühlte die weinende Bûchette eine weiche Hand, die ihr das Haar streichelte, und einen kühlen Mund auf ihren Wangen.

Die Zeit kam, da Bûchette ihren Dienstplatz antreten sollte. Sie schluchzte jetzt fast eben so erbärmlich wie das grüne Geschöpf damals, an dem Tage, als man sie verlassen vor der Wolfsrachenhöhle fand.

Und am letzten Abend, als die Eltern Bûchettes schliefen, strich das grüne Mädchen der Weinenden über das Haar und nahm sie bei der Hand. Sie öffnete die Tür und streckte den Arm in die Nacht. Und wie Bûchette sie einst zu den Häusern der Menschen gebracht hatte, so führte sie sie nun an der Hand in die unbekannte Freiheit.

DIE GETREUE

Jeanies Geliebter war Matrose geworden, und sie war nun allein, ganz allein. Sie schrieb einen Brief und siegelte ihn mit ihrem kleinen Finger und warf ihn in den Fluß, zwischen die langen roten Gräser. So würde er bis in den Ozean kommen. Jeanie konnte ja nicht wirklich schreiben; aber ihr Geliebter würde ihn schon verstehen, denn es war ein Brief der Liebe. Und sie wartete lange auf die Antwort, die vom Meere kommen sollte; und die Antwort kam nicht. Es war wohl kein Fluß von ihm bis zu Jeanie.

Und eines Tages ging Jeanie fort auf die Suche nach ihrem Geliebten. Sie schaute auf die Wasserblumen und ihre gebogenen Stiele; und alle Blumen neigten sich gegen sie. Und Jeanie sprach im Gehen: »Auf dem Meere ist ein Schiff — auf dem Schiff ist ein Zimmer — in dem Zimmer ist ein Käfig — in dem Käfig ist ein Vogel — im Vogel ist ein Herz — im Herz ist ein Brief — in dem Brief steht geschrieben: Ich liebe Jeanie. — Ich liebe Jeanie ist in dem Brief, der Brief ist im Herz, das Herz ist im Vogel, der Vogel ist im Käfig, der Käfig ist im Zimmer, das Zimmer ist im Schiff, das Schiff ist sehr weit auf dem großen Meer.«

Und da Jeanie keine Furcht vor den Menschen hatte, gaben ihr die mehlbestäubten Müller Brot, wenn sie sie kommen sahen, einfach und arglos und mit dem goldenen Reif am Finger, und erlaubten ihr, mit einem weißen Kuß, bei den Mehlsäcken zu schlafen.

So durchzog sie ihr Land der fahlroten Felsen und die tiefen Wälder und die flachen Wiesen, die in der Nähe der Städte um die Flüsse sich dehnten. Viele von denen, die Jeanie beherbergten, gaben ihr Küsse; aber sie gab sie nie zurück — denn die treulosen Küsse der Geliebten lassen ein rotes Blutmal auf ihren Wangen.

Sie kam in die Seestadt, wo sich ihr Geliebter eingeschifft

hatte. Am Hafen suchte sie den Namen seines Schiffes, aber sie konnte ihn nicht finden, denn das Schiff mußte in das Meer von Amerika geschickt worden sein, dachte Jeanie.

Schiefe dunkle Gassen führten von der Stadt an die Quais hinunter. Manche waren gepflastert, mit einer Gosse in der Mitte; andere waren nur schmale Treppen aus alten Fliesen.

Jeanie sah gelb und blau gemalte Häuser mit Köpfen von Negerinnen über der Tür und Bildern von Vögeln mit rotem Schnabel. Am Abend baumelten große Laternen davor. Sie sah Männer hineingehen, die betrunken schienen.

Jeanie dachte, das seien Herbergen für die Matrosen, die aus den Ländern der schwarzen Frauen und bunten Vögel heimgekommen sind. Und es faßte sie ein großes Verlangen, ihren Geliebten in einer solchen Herberge zu erwarten, in der es vielleicht nach dem fernen Meere roch.

Sie schaute auf und sah weiße Frauengestalten, die sich auf die Fenstergitter stützten, um Luft zu holen. Jeanie trat durch eine Doppeltür und fand sich in einem gepflasterten Raum unter halbnackten Frauen in roten Kleidern. Im Hintergrund des warmen Zimmers blinzelte ein Papagei. In drei dicken schmalen Gläsern auf dem Tisch war etwas Schaumiges.

Vier Frauen umringten lachend Jeanie, und sie sah noch eine andere, dunkelgekleidete, die in einem kleinen Verschlage nähte.

— Sie ist vom Land, sagte eine der Frauen.

— Psst! sagte eine andere, mußt nichts sagen.

Und alle riefen durcheinander:

— Willst du trinken, Kleine?

Jeanie ließ sich küssen und trank aus einem der schmalen Gläser. Eine dicke Person sah den Ring.

— Ihr redet, und das ist verheiratet!

Alle riefen auf einmal:

— Was? du bist verheiratet, Kleine?

Jeanie wurde rot, denn sie wußte nicht, ob sie auch

wirklich verheiratet sei und wie sie antworten müsse.

— Die kenne ich, diese Verheirateten, sagte eine. Ich auch, wie ich klein war, wie ich sieben Jahre alt war, ich hatte kein Hemd am Leib. Nackt bin ich in den Wald gegangen, um meine Kirche zu bauen — und alle die kleinen Vögel halfen mir dabei. Da war der Geier, der brach den Stein, und die Taube, die schnitt ihn auseinander mit ihrem scharfen Schnabel, und der Dompfaff, der spielte die Orgel. Das war meine Hochzeitskirche und meine Messe.

— Aber die Kleine hat ihren Ehering, hat sie nicht? sagte die Dicke.

Und alle riefen durcheinander:

— Wirklich, einen Ehering?

Da küßten sie Jeanie, eine nach der andren, streichelten sie und ließen sie trinken, und es gelang ihnen sogar, die Dame zum Lachen zu bringen, die in dem kleinen Verschlag nähte.

Währenddem spielte eine Geige vor er Türe, und Jeanie war eingeschlafen. Zwei von den Frauen trugen sie vorsichtig auf ein Bett, eine kleine Treppe hinauf in einem Zimmerchen.

Dann redeten sie alle durcheinander:

— Man muß ihr etwas schenken. Aber was?

Der Papagei wachte auf und schwatzte.

— Ich will's euch sagen, erklärte die Dicke.

Und sie sprach lang mit leiser Stimme. Eine der Frauen wischte sich die Augen.

— Das ist wahr, sagte sie, wir haben keinen gehabt; das wird uns Glück bringen.

— Nicht? Sie für uns vier, sagte eine andere.

— Wir fragen Madame um Erlaubnis, sagte die Dicke.

Und am nächsten Morgen, als Jeanie weiterging, hatte sie an jedem Finger ihrer linken Hand einen Ehering. Ihr Geliebter war weit fort; aber sie würde an sein Herz klopfen, um dort einzutreten, mit ihren fünf goldenen Ringen.

DIE AUSERWÄHLTE

Seitdem sie groß genug war, hatte Ilsée die Gewohnheit, jeden Morgen vor ihren Spiegel zu gehen, um zu sagen: »Guten Morgen, meine kleine Ilsée.« Dann spitzte sie die Lippen und küßte das kalte Glas. Das Bild schien von allein zu kommen. Es war in Wirklichkeit ganz fern. Und diese andere, bleichere Ilsée, die sich aus den Tiefen des Spiegels hob, war eine Gefangene des kühlen Mundes. Ilsée gab ihr ihr Mitleid, denn sie schien traurig und grausam. Ihr morgendliches Lachen war eine bleiche Morgenröte, noch gefärbt vom nächtlichen Grauen.

Und doch liebte Ilsée sie und sprach zu ihr: »Niemand sagt dir guten Morgen, arme kleine Ilsée. Da, küß mich. Wir wollen heute spazieren gehen, Ilsée. Mein Geliebter wird uns suchen. Komm.« Ilsée wandte sich, und die andere Ilsée flüchtete melancholisch in den leuchtenden Schatten.

Ilsée zeigte ihr ihre Puppen und ihre Kleider. »Spiel mit mir. Zieh dich an mit mir.« Auch die andere Ilsée zeigte eifersüchtig Ilsée bleichere Puppen und farblose Kleider. Sie sprach nicht und tat nichts als die Lippen bewegen, wenn Ilsée sprach.

Manchmal wurde Ilsée zornig wie ein Kind gegen die stumme Dame, und auch die wurde böse. »Schlimme, schlimme Ilsée!« rief sie, »wirst du mir antworten! willst du mich wohl umarmen!« Sie schlug den Spiegel mit der Hand. Eine fremde Hand, die an keinem Körper war, erschien vor der ihren. Niemals konnte Ilsée die andere Ilsée greifen und halten.

Sie verzieh ihr des Nachts; und glücklich sie wiederzufinden, sprang sie aus dem Bett, um sie zu küssen und flüsterte: »Guten Morgen, meine kleine Ilsée.«

Als Ilsée einen wirklichen Bräutigam hatte, führte sie ihn vor ihren Spiegel und sagte zur andern Ilsée: »Schau dir

meinen Geliebten an, aber schau ihn nicht zu viel an. Er
gehört mir, aber ich will dich ihn gern sehen lassen. Wenn
wir verheiratet sind, dann darf er dich mit mir küssen, jeden
Morgen.« Ihr Bräutigam mußte lachen. Ilsée im Spiegel
lachte auch. »Nicht wahr, er ist schön, und ich liebe ihn«,
sagte Ilsée. »Ja, ja«, antwortete die andere Ilsée. »Wenn du
mir ihn zu viel ansiehst, küß ich dich nie mehr wieder«,
sagte Ilsée. »Ich bin so eifersüchtig wie du, weißt du! Auf
Wiedersehn, meine kleine Ilsée.«

Je mehr Ilsée die Liebe erfuhr, um so trauriger wurde Ilsée
im Spiegel. Denn ihre Freundin kam nicht mehr des
Morgens, sie zu küssen. Sie hatte sie ganz vergessen. Dafür
kam nach der Nacht das Bild ihres Verlobten zu Ilsées
Morgenerwachen. Und tagsüber sah Ilsée nicht mehr die
Dame im Spiegel, doch ihr Geliebter schaute sie an. »Oh!«
sagte Ilsée, »du denkst nicht mehr an mich, du Böser. Es ist
die andere, die du ansiehst. Aber sie ist gefangen; sie wird
nie kommen. Sie ist eifersüchtig auf dich; aber ich bin
eifersüchtiger als sie. Sieh sie nicht an, Geliebter, sieh mich
an. Böse Ilsée im Spiegel, ich verbiete dir, meinem Bräutigam
zu antworten. Du kannst nicht kommen; du wirst niemals
kommen können. Nimm ihn mir nicht, böse Ilsée. Nachher,
wenn wir verheiratet sind, darf er dich mit mir küssen. Lach
doch, Ilsée! Du wirst mit uns sein.«

Sie wurde eifersüchtig auf die andere Ilsée. Wenn der Tag
verging, ohne daß der Geliebte gekommen war, rief Ilsée:
»Du jagst ihn fort, du jagst ihn fort mit deinem bösen
Gesicht. Geh weg, du Böse, laß uns«

Und Ilsée verbarg ihren Spiegel hinter einem weißen und
feinen Linnen. Und hob ein Endchen davon auf, um den
letzten kleinen Nagel durchzuschlagen. »Adieu, Ilsée«, sagte
sie.

Doch ihr Bräutigam blieb müde wie zuvor. ›Er liebt mich

47

nicht mehr‹, dachte Ilsée, ›er kommt nicht mehr, ich bleib allein, allein. Wo ist die andere Ilsée? Ist sie mit ihm fortgegangen!‹ Und mit ihrer kleinen goldenen Schere schnitt sie ein Stückchen aus dem Linnen und schaute. Über dem Spiegel lag ein weißer Schatten. ›Sie ist fort‹, dachte Ilsée.

»Man muß Geduld haben«, sagte sich Ilsée. »Die andere Ilsée wird eifersüchtig und traurig sein. Mein Geliebter wird wiederkommen. Ich werde ihn erwarten.«

Jeden Morgen kam es ihr vor, als sähe sie ihn auf dem Kopfkissen, ganz nah ihrem Gesicht, und sie murmelte im Halbschlaf: »Oh, Geliebter, bist du nun zurückgekommen? Guten Morgen. Guten Morgen, mein kleiner Liebling.« Und sie streckte die Hand aus und berührte das kühle Laken.

— ›Man muß ganz viel Geduld haben‹, dachte Ilsée noch.

Lange wartete Ilsée auf ihren Bräutigam. Ihre Geduld floß in Tränen. Und ihre Augen blieben feucht, und verwirrte Linien zogen über ihre Wangen. Ihr ganzer Leib beugte sich. Jeder Tag, jeder Monat, jedes Jahr drückte mit schwererem Finger ein Mal auf sie.

— »Oh! mein Geliebter«, sagte Ilsée, »ich muß an dir zweifeln.« Sie schnitt das weiße Linnen vom Spiegel, und in dem bleichen Rahmen war das Glas ganz voll von dunklen Flecken. Feine Runzeln zogen über den Spiegel, und dort, wo sich das Metall vom Glas gelöst hatte, sah man dunkle Teiche.

Die andere Ilsée kam aus der Tiefe des Spiegels, schwarz gekleidet wie Ilsée, und das Gesicht abgemagert und gezeichnet von den sonderbaren Zeichen des Glases. Und der Spiegel schien geweint zu haben.

— »Du bist traurig, wie ich«, sagte Ilsée.

Die Dame im Spiegel weinte. Ilsée küßte sie und sagte: »Gute Nacht, meine arme Ilsée.«

Und als Ilsée, die Lampe in der Hand, in ihr Zimmer trat, stand sie voll Staunen: denn die andere Ilsée kam, eine Lampe in der Hand, auf sie zu mit traurigen Augen. Ilsée hob die Lampe über ihren Kopf und setzte sich auf das Bett. Und die andere Ilsée hob die Lampe über den Kopf und setzte sich neben sie.

— Ich versteh es wohl, dachte Ilsée. Die Dame des Spiegels hat sich befreit. Sie ist gekommen, mich zu holen. Ich werde sterben.

DIE TRÄUMERIN

Nach dem Tode ihrer Eltern blieb Marjolaine in dem kleinen Häuschen mit ihrer alten Amme. Sie hatten ihr ein gebräuntes Strohdach und das Gemäuer einer mächtigen Esse hinterlassen. Denn Marjolaines Vater war Erzähler und Bildner von Träumen. Ein Freund seiner schönen Gedanken gab ihm seine Erde zum Bilden, ein bißchen Geld zum Träumen. Lange hatte er vielerlei Sorten Ton mit dem Staub von Metallen gemischt, um ein köstliches Email daraus zu brennen. Er hatte versucht, wunderbare Gläser zu blasen, die er dann mit Gold überzog. Er machte aus Kernen und Steinen eine harte Masse, und die erkaltete Bronze irisierte, wie das Wasser der Sümpfe. Doch blieben von ihm nur zwei oder drei geschwärzte Tiegel erhalten, einige abgescheuerte ganz von Schlacken verbeulte Erzplatten und sieben große farbblasse Krüge über dem Herd. Und von Marjolaines Mutter, einem frommen Landmädchen, war nichts geblieben: denn sie hatte für den ›Töpfer‹ sogar ihren silbernen Rosenkranz verkauft.

Marjolaine wuchs neben ihrem Vater heran, der eine grüne Schürze trug, dessen Hände immer erdbeschmutzt und dessen Augen rot vom Feuer waren. Sie bewunderte die sieben Krüge, die ganz verraucht oben auf der Esse standen und voller Geheimnisse waren. An einen hohlen und wellenförmigen Regenbogen mußte man denken. Morgana hatte dem blutroten Kruge einen ölgesalbten Räuber entsteigen lassen, mit einem von Damascenerblumen ganz bedeckten Säbel. In dem orangefarbenen Kruge konnte man wie Aladin Früchte aus Rubin finden, Pflaumen aus Amethyst, Kirschen aus Granaten, Quitten aus Topas, opalne Trauben und Beeren aus Diamanten. Der gelbe Krug war voll gefüllt mit Goldstaub, den Camaralzaman unter den Oliven versteckt hatte. Man sah noch ein bißchen eine

Olive unter dem Deckel, und der Rand des Gefäßes leuchtete; Der grüne Krug mußte mit einem großen Kupfersiegel mit dem Zeichen des Königs Salomo verschlossen werden. Das Alter hatte eine Decke aus Grünspan darauf gemalt; denn der Krug bewohnte ehemals den Ozean, und er enthielt seit vielen tausend Jahren einen Geist, der ein Prinz war. Ein ganz junges reines Mädchen allein vermöchte mit der Erlaubnis des Königs Salomo, der den Alraunen die Stimme gegeben hat, bei Vollmond den Zauber zu lösen. In den hellblauen Krug hatte Giauharé alle seine Wasserkleider geschlossen, die aus Algen gewebt, mit Gemmen aus Aquamarin bestickt und gefärbt waren mit dem Purpur der Muscheln. Der ganze Himmel des irdischen Paradieses und die reichen Früchte des Baumes und die brennenden Schuppen der Schlange und das flammende Schwert des Engels waren in dem dunkelblauen Kruge, und er glich der ungeheuren azurnen Kuppel einer australischen Blume. Und die geheimnisvolle Lilith hatte den ganzen Himmel des himmlischen Paradieses in den letzten Krug gegossen: so stand er violett und starr wie die Mütze des Bischofs.

Die von diesen Dingen nichts wußten, die sahen nichts als sieben farblose alte Krüge auf dem bauchigen Dache der Esse. Aber Marjolaine wußte die Wahrheit aus den Erzählungen ihres Vaters. Am winterlichen Feuer, im wechselnden Schatten von Flamme und Kerzenlicht, folgte sie mit den Augen dem Raunen der Wunder, bis zur Stunde da sie schlafen ging.

Da der Backtrog kaum leer war, mit der Salzbüchse in der Hand, bat die Amme Marjolaine: »Verheirate dich, mein Kindchen: deine Mutter dachte an Jean; willst du nicht Jean heiraten? Meine Jolaine, meine Jolaine, was wirst du eine hübsche Frau geben!«

— Die Frau der Marjolaine hat Ritter gehabt, sagte die Träumende; ich bekomme einen Prinzen.

— »Prinzessin Marjolaine«, sagte die Amme, »heirate

Jean, und du machst ihn zum Prinzen.«

— »Ach nein«, sagte die Träumende; »ich will lieber spinnen. Ich bewahre meine Diamanten und meine Kleider für einen viel Schöneren. Kauf Hanf und eine glatte Spindel. Wir werden bald unsern Palast haben. Jetzt ist er in einer schwarzen afrikanischen Wüste. Und ein Zauberer wohnt darin, bedeckt von Blut und Giften. Er mischt in den Wein der Wanderer ein braunes Pulver, das sie in zottige Tiere verwandelt. Flackernde Fackeln leuchten in dem Palast, und die Neger, die das Mahl auftragen, haben goldene Kronen. Mein Prinz wird den Zauberer töten, und der Palast kommt in unser Land, und du wiegst mein Kind.«

— »O Marjolaine, heirate Jean!« sagte die alte Amme.

Marjolaine setzte sich hin und spann. Geduldig zog sie die Spindel und drehte den Faden. Und der Rocken wurde klein und schwoll wieder an. Neben ihr saß Jean und sah sie voll Anbetung an. Aber sie achtete gar nicht auf ihn. Denn die sieben Krüge auf dem Sims der großen Esse waren voller Träume. Tagsüber glaubte sie, sie seufzen oder singen zu hören. Wenn sie im Spinnen einhielt, zitterte der Rocken nicht mehr um der Krüge willen, und die Spindel hörte um ihretwillen auf zu sausen.

— »O Marjolaine, heirate Jean«, sagte ihr die alte Amme jeden Abend.

Aber um Mitternacht erhob sich die Träumende. Wie Morgane warf sie Sandkörner an die Krüge, um die Geheimnisse zu erwecken. Und doch schlief der Räuber weiter; die kostbaren Früchte erklangen nicht, und sie hörte nicht den Goldstaub rieseln, noch die Stoffe der Kleider rauschen, und Salomonis Siegel lag schwer auf dem eingeschlossenen Prinzen.

Eines ums andere warf Marjolaine ihre Sandkörner. Siebenmal schlugen sie auf die harte Erde der Krüge; und siebenmal wieder war es still.

— »Marjolaine, heirate Jean«, sagte ihr jeden Morgen die

alte Amme.

Da zog Marjolaine die Brauen zusammen, wenn sie Jean sah, und Jean kam nicht mehr; Und an einem frühen Morgen fand man die alte Amme tot mit einem Lächeln um den Lippen. Und Marjolaine tat ein schwarzes Kleid an und eine dunkle Haube und spann weiter.

Jede Nacht stand sie auf und warf wie Morgane Sandkörner an die Krüge, um die Geheimnisse zu erwecken. Und die Träume schliefen immer.

Marjolaine wurde alt in ihrem geduldigen Warten. Aber der unter dem Siegel Salomonis gefangene Prinz war gewiß noch immer jung und lebte er auch schon tausend Jahre und mehr. Und eines Nachts, da Vollmond war, stand die Träumende auf wie eine Mörderin und nahm einen Hammer. In wilder Wut zerschlug sie sechs Krüge und der Angstschweiß rann von ihrer Stirne. Die Krüge zerbrachen: sie waren leer.

Sie zauderte vor dem Kruge, in den Lilith das violette Paradies gegossen hatte; dann ermordete sie ihn wie die anderen. Und in den Scherben lag eine trockene graue Jerichorose. Als Marjolaine sie zum Blühen bringen wollte, zerfiel sie in Staub.

DIE ERHÖRTE

Cice zog die Knie an in ihrem kleinen Bett und legte das Ohr an die Wand. Das Fenster war bleich. Die Mauer zitterte und schien mit ganz leisem Atmen zu schlafen. Der kleine weiße Unterrock blähte sich über dem Stuhl, von dem zwei Strümpfe herabhingen, wie schwarze weiche und leere Beine. Ein Kleid hob sich geheimnisvoll an die Wand, wie wenn es zur Decke hinaufklettern wollte. Die Dielen des Fußbodens knackten leise in der Nacht. Der Wasserkrug glich einer weißen Kröte, die im Becken hockt und das Dunkel schlürft.

— Ich bin zu unglücklich, sagte Cice. Und sie fing an zu weinen. Die Mauer seufzte stärker; die beiden schwarzen Beine blieben regungslos, und das Kleid hörte zu klettern auf, und die zusammengekauerte weiße Kröte schloß nicht ihr feuchtes Maul.

Cice sprach weiter:

— Alle sind sie gegen mich, und alle lieben hier nur meine Schwestern, und man hat mich während des Abendessens zu Bett geschickt, darum will ich fort, ja, ich will weit fort. Ich bin ein Aschenbrödel, ja, ein Aschenbrödel bin ich. Aber ich will es ihnen schon zeigen. Ich bekomme einen Prinzen, und sie bekommen niemand, gar niemand. Und dann komm ich in meinem schönen Wagen, und mein Prinz neben mir; ja, das mach ich. Wenn sie bis dahin gut sind, verzeih ich ihnen. Armes Aschenbrödel, ihr werdet schon sehen, daß sie besser ist als ihr, wartet nur!

Ihr kleines Herz wurde ganz groß, während sie ihre Strümpfe anzog und ihren Unterrock band. Der leere Stuhl stand verlassen mitten im Zimmer.

Cice stieg leise hinunter in die Küche und kniete sich weinend am Herd hin, die Hände in der Asche.

Ein Geräusch wie das eines Spinnrades ließ sie sich

umwenden. Ein weicher haariger Körper rieb ihre Knie.

— Ich habe keine Patin, sagte Cice, aber ich habe meine Katze. Nicht wahr?

Sie hielt ihre Finger hin, und die Katze leckte sie langsam wie mit einer kleinen warmen Raspel.

— Komm, sagte Cice.

Sie stieß die Tür in den Garten auf, und die frische Luft schlug ihr ins Gesicht. Ein dunkler grünlicher Fleck war der Rasen; der große Ahorn zitterte, und die Sterne hingen in den Zweigen. Der Gemüsegarten jenseits der Bäume war ganz deutlich, und die Melonen leuchteten wie helle Glocken.

Cice riß lange Gräser aus, die sie ganz fein kitzelten. Sie lief zwischen den Melonen hin, wo kleine Schimmer flackerten. — Ich habe keine Patin: Kannst du einen Wagen machen, Katze?

Das kleine Tier gähnte gegen den Himmel, an dem sich graue Wolken jagten.

— Ich habe auch noch keinen Prinzen, sagte Cice. Wann kommt er?

Sie setzte sich neben eine dicke veilchenblaue Distel und schaute auf den Zaun des Gemüsegartens. Dann zog sie einen ihrer kleinen Schuhe aus und warf ihn mit aller Kraft über die Johannisbeersträucher. Der Schuh fiel hinaus auf die Landstraße. Cice streichelte die Katze:

— Hör zu, Katze. Wenn mir der Prinz meinen Schuh nicht bringt, dann kauf ich dir Stiefel, und wir ziehen aus, ihn zu finden. Es ist ein sehr schöner junger Mann. Er hat ein grünes Kleid an mit Diamanten. Er liebt mich sehr, aber er hat mich nie gesehen. Du wirst schon nicht eifersüchtig sein. Weißt du, wir bleiben zusammen, wir drei. Und ich werde viel glücklicher sein als Aschenbrödel, denn ich war viel unglücklicher. Aschenbrödel ging jeden Abend auf den Ball, und sie bekam sehr schöne Kleider. Ich, ich habe nur dich, meine geliebte Katze.

Sie küßte sie auf ihre feuchte Maroquinnase. Die Katze miaute leise und rieb sich mit einer Pfote das Ohr. Dann leckte sie sich und schnurrte.

Cice pflückte grüne Johannisbeeren.

— Eine für mich, eine für meinen Prinzen, eine für dich. Eine für meinen Prinzen, eine für dich, eine für mich. Eine für dich, eine für mich, eine für meinen Prinzen. Siehst du, so werden wir leben. Wir teilen alles unter uns drei und haben keine bösen Schwestern.

Die grauen Wolken am Himmel hatten sich zusammengezogen. Ein bleiches blaues Band hob sich im Osten. Die Bäume badeten in einem fahlen Halbschatten. Plötzlich fuhr ein eiskalter Windstoß Cice an die Kleider. Alles fröstelte. Der violette Ahorn beugte sich zwei, dreimal. Die Katze machte einen Buckel und sträubte das Fell.

Cice hörte weit auf der Straße das knirschende Geräusch von Rädern.

Ein glanzloses Feuer lief über die wiegenden Wipfel und das Dach des kleinen Hauses entlang.

Das Geräusch der Räder kam näher. Man hörte Pferdewiehern und undeutliche Stimmen von Menschen.

— Horch, Katze, sagte Cice. Horch. Dort kommt ein großer Wagen! Das ist sein Wagen! Mein Prinz kommt! Schnell, schnell, er ruft mich!

Ein Schuh aus goldfarbnem Leder flog über die Johannisbeersträucher mitten unter die Melonen.

Cice lief an den Weidenzaun und öffnete.

Ein langer dunkler Wagen kam schwerfällig heran. Der Zweispitz des Kutschers leuchtete in einem roten Licht. Zwei schwarze Männer gingen an jeder Seite der Pferde. Der hintere Teil des Wagens war niedrig und länglich wie ein Sarg. Ein fader Geruch schwamm im Morgenwind.

Aber Cice verstand nichts von all dem. Sie sah nur eines: der wunderbare Wagen war da. Und der Kutscher des

Prinzen hatte Gold im Haar. Der schwere Koffer war voll
mit Brautgeschenken. Das schreckliche und herrische
Parfüm umschloß sie wie ein Königsmantel.

Und Cice streckte die Arme weit aus und rief:

— Mein Prinz, nimm mich mit, nimm mich mit!

DIE GEFÜHLLOSE

Die Prinzessin Morgane liebte niemanden. Sie hatte eine kalte Keuschheit und lebte unter den Blumen und den Spiegeln. Sie heftete rote Rosen in ihr Haar und betrachtete sich. Sie sah kein junges Mädchen und keinen jungen Mann, denn in allen Blicken, die man ihr gab, sah sie nur sich. Und sie kannte nicht die Grausamkeit und nicht die Wollust. Ihre schwarzen Haare fielen um ihr Gesicht wie langsame Wellen. Es verlangte sie, sich selbst zu lieben: aber das Bild in den Spiegeln hatte eine stille und ferne Kälte, und das Bild in den Teichen war trüb und bleich, und das Bild in den Flüssen zitterte und zerfloß.

Die Prinzessin Morgane hatte in den Büchern die Geschichte vom Spiegel der Schnee-Weiße gelesen, der sprechen konnte und ihr ihre Ermordung verkündete, und die Geschichte vom Spiegel der Ilsée, aus dem eine andere Ilsée entstieg, die die Ilsée tötete, und das Abenteuer vom nächtlichen Spiegel der Stadt Milet, der es dahin brachte, daß sich die Milesierinnen beim Abendaufgang erdrosselten. Sie hatte das geheimnisvolle Bild gesehn, worauf der Bräutigam vor seiner Braut ein Schwert gezogen, weil sie selbst einander in der Dämmerung des Abends begegnet waren: denn die Doppelgänger verkünden den Tod. Aber Morgane fürchtete ihr Bild nicht, denn niemals war sie sich begegnet anders als rein und verschleiert, nicht grausam und wollüstig, sie selbst für sich selber. Und die glatten grüngoldnen Rahmen, die schweren quecksilbernen Tafeln zeigten Morgane nie die Morgane.

Die Priester ihres Landes waren Geomanten und Feueranbeter. Sie breiteten den Sand in dem viereckigen Kästchen aus und zogen die Linien; sie wahrsagten aus ihren ledernen Talismanen und machten den schwarzen Spiegel aus Wasser und Rauch. Und des Abends begab sich

Morgane zu ihnen und warf drei Kuchen als Opfer ins Feuer. »Sieh«, sagte der Geomant; und er zeigte den schwarzflüssigen Spiegel. Morgane schaute hinein: und ein klarer Rauch zog über die Fläche, dann kreiste ein farbiger Ring, und nun hob sich ein Bild, das sich leise bewegte. Es war ein weißes Haus, wie ein Würfel, mit hohen Fenstern; und unter dem dritten Fenster hing ein großer erzener Ring. Und rings um das Haus war weit hin nichts als grauer Sand. »Das ist der Ort des wahrhaftigen Spiegels«, sprach der Geomant; »aber unsere Wissenschaft kann ihn weder halten noch erklären.«

Morgane beugte sich und warf drei andere Opferkuchen ins Feuer. Aber das Bild schwankte und wurde dunkel; das weiße Haus verging, und vergeblich schaute Morgane in den schwarzen Spiegel.

Und am folgenden Tage verlangte es Morgane zu reisen. Denn es schien ihr, als hätte sie den düsteren Sand wiedererkannt, und sie wandte sich gegen Westen. Ihr Vater gab ihr eine erlesene Karawane, Maultiere mit silbernen Glöckchen, und man trug Morgane in einer Sänfte, deren Wände waren aus kostbaren Spiegeln.

So zog sie durch Persien und besuchte die einsamen Herbergen, und jene, die an den Stadtgräben stehen und von den Wanderern als verrufene Häuser gemieden werden, wo nächtlich die Weiber singen und die Goldstücke rollen.

Und an den Grenzen des Perserreiches sah sie viele weiße kubische Häuser mit hohen Fenstern; aber der eherne Ring hing an keinem davon. Und man sagte ihr, der Ring wäre im christlichen Lande der Syrer, gegen Westen.

Und Morgane kam an den flachen Ufern des Stromes vorbei, der das Land der feuchten Ebene umgibt, wo dichte Süßholzwälder stehen. Es gab da Schlösser aus einem mächtigen Felsblock gehauen, der auf seiner Spitze stand; und die Frauen, die in der Sonne an der Heerstraße saßen, trugen Fransen um die Stirne gewunden, die waren aus roten Pferdeschweifen. Und es leben dort die, die große Herden von Pferden hüten und Lanzen mit silbernen Spitzen tragen.

Und weiter noch ist ein wildes Gebirge; da leben Räuber, die trinken Gerstenbranntwein zu Ehren ihrer Götter. Sie beten grüne, seltsam geformte Steine an und prostituieren sich einander im Kreise brennender Sträucher. Morgane faßte ein Grausen vor ihnen.

Und weiter noch ist eine unterirdische Stadt mit schwarzen Menschen, zu denen ihre Götter nur kommen, wenn sie schlafen. Sie essen die Fasern des Hanfes und bedecken ihr Gesicht mit zerriebener Kreide. Und die sich an dem Hanf berauschen, durchschneiden den Schlafenden den Hals und schicken sie so zu den nächtlichen Göttern. Morgane faßte ein Grausen vor ihnen.

Und weiter noch dehnte sich die graue Sandwüste, wo Pflanzen und Steine dem Sande gleichen. Und am Eingange in diese Wüste fand Morgane das Haus mit dem Ring.

Sie ließ ihre Sänfte halten, und die Treiber schirrten die Maultiere ab. Es war ein altes Haus und ohne Mörtel gebaut; und seine steinernen Quader waren sonngebleicht. Aber der Besitzer des Hauses konnte Morgane nichts vom Spiegel sagen: denn er kannte ihn nicht.

Und des Abends, nachdem man die dünnen Fladen gegessen hatte, erzählte der Wirt Morgane, daß dieses Haus vom Ringe in alten Zeiten von einer grausamen Königin bewohnt war. Und sie ist für ihre Grausamkeit bestraft worden. Sie hatte befohlen, daß man einen frommen Mann köpfe, der da einsam inmitten der Wüste wohnte und die Pilger mit guten Worten im Flusse baden hieß. Und gleich darauf kam die Königin um mit ihrem ganzen Stamm. Und das Zimmer, in dem sie gewohnt hatte, wurde vermauert. Der Wirt zeigte Morgane die steinverschlossene Tür.

Darauf legten sich alle im Haus zur Ruhe in den viereckigen Räumen und unter dem Wetterdach.

Aber gegen Mitternacht weckte Morgane ihre Leute und ließ sie die vermauerte Tür aufbrechen. Und sie stieg durch das Mauerloch, eine eiserne Fackel in der Hand.

Und die Leute der Prinzessin vernahmen einen Schrei und folgten Morgane. Da lag sie inmitten des vermauerten Zimmers auf den Knien vor einem kupfernen Becken, und das war voll Blut; und ihre Augen stierten in das Blut. Und der Hauswirt hob die Arme: denn das Blut im Becken war nicht eingetrocknet seit damals, als die grausame Königin ein abgeschlagenes Haupt hineinlegen ließ.

Niemand weiß, was die Prinzessin in dem Spiegel aus Blut sah. Aber auf dem Heimweg fand man jede Nacht einen ihres Gefolges ermordet, das graue Gesicht dem Himmel zugewandt; und jeder war zuvor in der Sänfte gewesen. Und man nannte diese Prinzessin Morgane die Rote und sie war eine berühmte Hure und eine furchtbare Männermörderin.

DIE GEOPFERTE

Lilly und Nan dienten auf einem Bauernhofe. Sie schleppten im Sommer das Wasser aus dem Ziehbrunnen den in dem reifen Korn kaum sichtbaren Pfad entlang; und im Winter, wenn es kalt war und die Eiszapfen an den Fenstern hingen, kroch Lilly zu Nan ins Bett. Ganz vergraben in den Decken horchten sie auf den heulenden Wind. Sie hatten immer blanke Geldstücke in ihren Taschen und feine Brusttücher mit kirschroten Bändern; und ganz gleich blond waren beide und lustig. Jeden Abend stellten sie in die Ecke des Flurs einen Zuber mit schönem frischem Wasser; und da fanden sie auch, so sagte man, wenn sie aus dem Bett sprangen, die Silbermünzen, die sie von einer Hand in die andere klingen ließen. Denn die ›Pixis‹ warfen es in den Zuber, nachdem sie darin gebadet hatten. Aber weder Nan noch Lilly, noch sonst wer hatte je die ›Pixis‹ gesehen, wenn sie wirklich diese kleinen bösartigen schwarzen Dinger mit dem beweglichen Schweif sind, von denen in den Märchen und Balladen steht.

Eines Nachts hatte Nan vergessen, Wasser heraufzuziehen; man war auch im Dezember, und die Brunnenkette war ganz mit Eis überzogen. Und wie sie schlief, die Hände auf Lillys Schultern, da wurde sie plötzlich in die Arme gezwickt und in die Waden und schrecklich an den Haaren gerissen. Weinend wachte sie auf: »Morgen werd ich ganz schwarz und blau sein!« Und sie sagte zu Lilly: »Drück mich, halt mich: ich habe den Zuber mit frischem Wasser vergessen; aber ich geh nicht aus dem Bett, allen ›Pixis‹ von Devonshire zum Trotz.« Da küßte sie die gute kleine Lilly, stand auf, zog Wasser aus dem Brunnen und stellte den vollen Zuber in die Ecke. Als sie wieder ins Bett kam, war Nan schon eingeschlafen.

Und in ihrem Schlafe hatte die kleine Lilly einen Traum.

Es schien ihr, als käme eine Königin an ihr Bett, ganz in grünen Blättern und mit einer goldnen Krone auf dem Kopfe; und sie rührte sie an und sprach zu ihr. Sie sagte: »Ich bin die Königin Mandosiane; Lilly, komm und hole mich.« Und sie sagte noch: »Ich sitze in einer smaragdnen Wiese, und der Weg, der zu mir führt, ist dreifarben: gelb, blau und grün.« Und sie sagte: »Ich bin die Königin Mandosiane; Lilly, komm und hole mich.«

Darauf barg Lilly ihren Kopf in den schwarzen Kissen der Nacht, und sie sah nichts mehr. Aber am nächsten Morgen, als der Hahn krähte, war es Nan nicht möglich aufzustehen, und sie klagte und jammerte, denn ihre Beine waren ohne Gefühl, und sie konnte sie nicht rühren. Des Tags kamen die Ärzte, und nach langem Beraten entschieden sie, daß Nan gewiß immer so liegen werde und nie mehr wieder gehen könnte. Und die arme Nan schluchzte, denn nun würde sie nie einen Mann finden.

Lilly faßte ein großes Mitleiden. Wenn sie die Winteräpfel pflückte, die Mispeln in Reihen legte, die Milch butterte, die Molken durch ihre roten Finger drückte, immer mußte sie denken, wie man die arme Nan gesund machen könnte. Und den Traum hatte sie schon ganz vergessen, als eines Abends, da der Schnee in dichten Flocken fiel und man heißes Bier mit Brotschnitten trank, ein alter Balladenhändler an die Tür klopfte. Alle Mädchen des Hofes sprangen um den Alten herum, denn er hatte Handschuhe, Liebeslieder, Bänder, holländische Leinwand, Strumpfbänder und güldne Hauben.

— »Hier die traurige Geschichte«, sagte er, »von der Wucherersfrau, die zwölf Monate schwanger ging mit zwanzig Säcken Talern und ganz versessen darauf war, Vipernköpfe zu essen und Krötencarbonade.«

»Hier die Ballade von dem großen Fisch, der am vierzehnten Tage des April auf den Strand kommt, mehr als vierzig Brassen aus dem Wasser holt und fünf Tonnen ganz grün gewordene Eheringe ausspeit.«

»Hier das Lied von den drei schlechten Königstöchtern und von der einen, die ein Glas voll Blut auf den Bart ihres Vaters schüttet.«

»Und ich hatte auch noch die Abenteuer der Königin Mandosiane; aber ein Schuft von einem Windstoß hat mir auf der Straßenwende das letzte Blatt aus den Händen gerissen.«

Sogleich dachte Lilly an ihren Traum, und sie wußte, daß ihr die Königin Mandosiane sagen ließ zu kommen.

Und in derselbigen Nacht küßte Lilly Nan ganz leise, zog ihre neuen Schuhe an und machte sich auf den Weg. Aber da war der alte Balladenhändler verschwunden, und sein Blatt von der Königin Mandosiane war so weit weggeflogen, daß Lilly es nicht finden konnte; sie wußte nicht, wer Mandosiane war noch wo sie sie suchen sollte.

Und niemand konnte es ihr sagen, wie sie auch auf ihrem Wege die Leute auf den Feldern fragte, die von weitem standen, ihre Augen mit den Händen beschattend; auch die jungen schwangern Frauen wußten nichts, die müßig vor den Türen standen, und nichts die Kinder, denen sie die Zweige der Maulbeerbäume über die Zäune bog. Die einen sagten: »Es gibt keine Königinnen mehr«; die andern: »wir haben hier so etwas nicht; ja, früher in alten Zeiten«; und andere: »Mandosiane? Heißt so ein hübscher Bursch?« Und andere wieder, die schlecht waren, führten Lilly vor eines jener Häuser, die tagsüber geschlossen sind und sich des Nachts öffnen und erhellen, sagten und beteuerten, da drin wohne die Königin Mandosiane und trüge ein rotes Hemd und hätte nackte Frauen zu Dienerinnen.

Aber Lilly wußte ganz gut, daß die wirkliche Mandosiane grün und nicht rot gekleidet sei, und daß man auf einem dreifarbigen Weg zu ihr käme. So erkannte sie die Lüge der Schlechten. Und lange ging sie und weit. Ja, sie ging den ganzen Sommer ihres Lebens dahin im weißen Staub der

Landstraße, in den Kotpfützen der Radspuren, begleitet von den Fuhrmannskarren und abends, wenn der Himmel sich rot färbte, von mächtig mit Garben beladenen Wagen, aus denen die blinkenden Sensen staken. Aber niemand konnte ihr etwas von der Königin Mandosiane sagen.

Daß sie den schwierigen Namen nicht vergäße, hatte sie drei Knoten in ihr Strumpfband gemacht. An einem Mittag, weit war sie schon seit dem Morgen gegangen, kam sie auf einen gelben gewundenen Weg, der führte an einem blauen Kanal lang. Und wo sich der Kanal mit der Straße traf, da war eine grüne Böschung.

Da begegnete ihr ein kleiner Junge mit absonderlich geschlitzten Augen, der zog eine schwere Barke den Kanal hinauf. Sie wollte ihn fragen, ob er die Königin gesehen, aber da ward sie mit Schrecken inne, daß sie den Namen vergessen hatte. Da klagte sie und weinte und betastete ihr Strumpfband — umsonst. Und sie schrie stärker, als sie sah, daß sie auf dem dreifarbnen Wege ginge, aus gelbem Staub, blauem Wasser und grüner Böschung. Und von neuem betastete sie die drei Knoten, die sie geknüpft hatte, und schluchzte. Und der kleine Junge, der sah, daß sie litt, und ihren Schmerz nicht verstand, brach vom Wegrand der gelben Straße ein armseliges Kraut und gab es ihr in die Hand.

— Die Mandosiane heilt, sagte er.

So fand Lilly ihre in Grün gekleidete Königin.

Vorsichtig drückte sie sie an sich und ging den weiten Weg zurück. Aber die Heimreise war noch langsamer als die andre, denn Lilly war müde. Es kam ihr vor, als sei sie seit Jahren unterwegs. Aber sie war voll Freuden, denn sie wußte, daß sie die arme Nan heilen könne.

Und sie zog über das Meer, wo die Wellen wie Berge waren. Endlich kam sie in Devonshire an und trug das Kraut zwischen Leib und Hemd. Und zuerst erkannte sie die

Bäume nicht wieder; und das Vieh schien ihr verändert. Und in der großen Stube des Bauernhofes sah sie ein altes Weib inmitten von Kindern. Und sie lief hin und fragte nach Nan. Die Alte betrachtete Lilly voll Staunen und sagte:

— Aber Nan ist ja seit langem fort und verheiratet.

— Und geheilt? fragte Lilly voll Freude.

— Geheilt, nun, natürlich, sagte die Alte.

— Und du, bist du nicht Lilly?

— Ja, sagte Lilly; aber sag, wie alt mag ich wohl sein?

— Fünfzig, nicht wahr, Großmutter, riefen die Kinder; sie ist nicht ganz so alt wie du.

Und wie Lilly müde lächelte, da betäubte sie der starke Duft der Mandosiane, und sie starb in der Sonne. So ging Lilly die Königin Mandosiane holen und wurde von ihr hinweggenommen.

MONELLE

VON IHRER ERSCHEINUNG

Ich weiß nicht, wie ich durch einen dunklen Regen zu diesem merkwürdigen Laden kam, der in der Nacht vor mir auftauchte. Ich weiß die Stadt nicht und nicht das Jahr; weiß nur, daß es eine Zeit war, da es viel regnete, viel regnete.

Verbürgt ist, daß in dieser selben Zeit die Menschen auf den Straßen kleine herumstreifende Kinder fanden, die nicht wachsen wollten. Mädchen von sieben Jahren beteten auf den Knien darum, daß sie nicht älter würden, und die Pubertät schon sah totgetroffen aus. Es gab da fahlweiße Prozessionen unter dem bleichen Himmel, und kleine Schatten, die kaum sprechen konnten, mahnten das Volk der Kinder. Nichts sonst begehrten sie als eine ewige Unwissenheit. Sie verlangten, sich immerwährenden Spielen zu weihen. Sie verzweifelten an der Arbeit des Lebens. Alles war für sie nichts sonst als Vergangenes.

In diesen trüben trostlosen Tagen, in dieser Zeit endlosen Regens gewahrte ich die fadendünnen Lichter der kleinen Lampenverkäuferin.

Ich trat unter das Schutzdach ihres Ladens, und der Regen lief mir in den Nacken, als ich den Kopf beugte.

Und ich sprach zu ihr:

— Was verkaufst du da, kleine Händlerin, in dieser traurigen Zeit des Regens?

— Lampen, gab sie die Antwort, nur brennende Lampen.

— Und was bedeuten denn in Wahrheit diese brennenden Lampen, die so groß sind wie ein kleiner Finger und mit einem Licht brennen, das nicht größer ist als der Kopf einer Stecknadel?

— Das sind die Lampen dieser finsteren Zeit. Ehemals waren es Puppenlampen. Aber die Kinder wollen nicht mehr groß werden. Und so verkaufe ich ihnen diese kleinen

Lampen, die kaum durch den dunklen Regen leuchten.

— Und davon lebst du also, kleine schwarzgekleidete Verkäuferin, und ernährst dich von dem Geld, das dir die Kinder für deine Lampen bezahlen?

— Ja, sagte sie einfach. Aber ich verdiene recht wenig. Denn der böse Regen verlöscht oft meine kleinen Lampen, gerade wenn ich sie hinreichen will. Und wenn sie erloschen sind, dann wollen sie die Kinder nicht mehr. Niemand kann sie wieder anzünden. Es bleiben mir nur noch diese da. Ich weiß, ich kann keine andern mehr finden. Und wenn die letzten verkauft sind, dann werden wir im Dunkel des Regens bleiben.

— So ist es also das einzige Licht in dieser trüben Zeit? Und wie erhellt man denn mit einer so kleinen Lampe die feuchten Dunkelheiten?

— Der Regen verlöscht sie oft, sagte sie, und auf den Feldern und Straßen nützen sie dann nicht mehr. Man muß sich damit einschließen. Die Kinder schützen meine kleinen Lampen mit ihren Händen und schließen sich ein. Jedes schließt sich ein mit seiner Lampe und einem Spiegel. Und sie genügt, um ihnen im Spiegel ihr Bild zu zeigen.

Ich sah eine Weile auf die armseligen flackernden Flämmchen.

— Ach, kleine Händlerin, das ist ein trauriges Licht, und die Bilder im Spiegel müssen traurige Bilder sein.

— Sie sind nicht so sehr traurig, sagte das schwarzgekleidete Kind und senkte den Kopf, — solange sie nicht wachsen. Aber die kleinen Lampen dauern nicht ewig. Ihre Flamme nimmt ab, als ob sie sich über den dunklen Regen grämte. Und wenn meine kleinen Lampen verlöschen, dann sehen die Kinder nicht mehr den Glanz des Spiegels und verzweifeln. Denn sie fürchten den Augenblick zu versäumen, da sie zu wachsen beginnen. Das ist es, weshalb sie zitternd in die Nacht fliehen. Aber ich darf jedem Kind nur eine Lampe verkaufen. Versuchen sie eine zweite zu kaufen, verlöscht sie in ihren Händen.

Ich neigte mich ein wenig zu der kleinen Händlerin und wollte eine ihrer Lampen nehmen.

— Oh! nicht anrühren! rief sie. Ihr seid über das Alter, für das meine Lampen brennen. Sie sind nur für die Puppen und die Kinder. Habt Ihr keine Lampe für große Leute bei Euch?

— Leider sind es in dieser Zeit des dunklen Regens, in dieser vergessnen trüben Zeit, nur noch deine Kinderlampen, die leuchten. Und auch mich verlangt es, noch einmal den Glanz des Spiegels zu sehen.

— Komm, sagte sie, wir schauen zusammen.

Über eine kleine wurmstichige Treppe führte sie mich in ein bretterverschlagenes Zimmer, da leuchtete ein Spiegel von der Wand.

— Still, sagte sie, und ich laß Euch schauen. Denn meine eigene Lampe ist klarer und leuchtender als die anderen; und so bin ich nicht zu arm in dieser regenvollen Dunkelheit. Und sie hob ihre kleine Lampe gegen den Spiegel.

Da war ein klarer Glanz, und ich sah bekannte Geschichten kommen und gehen. Aber die kleine Lampe log, log, log. Ich sah die Flaumfeder sich auf Cordelias Lippen bewegen; und sie lächelte und wurde gesund; und lebte mit ihrem alten Vater in einem großen Käfig, wie ein Vogel, und küßte seinen weißen Bart. Ich sah Ophelia am Schilf des Wassers und wie sie die feuchten veilchenumwundenen Arme um Hamlets Nacken legte. Ich sah Desdemona wiedererwacht unter den Weiden wandeln. Ich sah die Prinzessin Maleine, sie nahm ihre beiden Hände weg von den Augen des alten Königs, und sah sie lachen und tanzen. Ich sah die befreite Melisande sich im Brunnen spiegeln.

Und ich rief aus: Kleine lügnerische Lampe . . .

— Still, sagte die kleine Händlerin und legte mir die Hand auf die Lippen. Man darf nichts sagen. Ist der Regen nicht dunkel genug?

Da senkte ich den Kopf und ging durch die Regennacht in
die unbekannte Stadt.

VON IHREM LEBEN

Ich weiß nicht, wo mich Monelle bei der Hand nahm. Aber ich meine, es war an einem Herbstabend, wenn der Regen schon kalt ist.

— Komm mit uns spielen, sagte sie.

Monelle trug alte Puppen in ihrer Schürze und Federbälle mit zerdrückten Federn und trübverblaßten Borten.

Ihr Gesicht war bleich, und ihre Augen lachten.

— Komm spielen, sagte sie. Wir arbeiten nicht mehr, wir spielen.

Windig war es und die Straßen voll Schlamm. Das Pflaster glänzte. Von den Vordächern der Läden tropfte das Wasser. Mädchen standen fröstelnd in den Eingängen der Krämerläden. Die Kerzen brannten rot.

Aber Monelle zog aus der Tasche einen bleiernen Würfel, einen Säbel aus Blech und einen Gummiball.

— Das alles ist für sie, sagte sie. Ich gehe aus und mache die Einkäufe.

— Und was für ein Haus hast du denn, und was für Arbeit und was für Geld, Kleine . . .

— Monelle, sagte das Mädchen und drückte mir die Hand. Sie nennen mich Monelle. Unser Haus ist ein Haus, wo man spielt: wir haben die Arbeit davongejagt, und die Pfennige, die wir noch haben, die gab man uns für Kuchen.

Jeden Tag geh ich Kinder auf der Straße suchen, erzähle ihnen von unserem Haus und nehme sie mit. Und wir verstecken uns gut, daß man uns nicht findet. Die großen Leute wollen uns heim haben und nehmen uns, was wir haben. Und wir, wir wollen beisammen bleiben und spielen.

— Und was spielt ihr denn, kleine Monelle?

— Wir spielen alles. Die Großen, die machen sich Flinten und Pistolen; die andern spielen Federball oder Reif oder Seilspringen; andere tanzen Ringelreihen und nehmen sich bei den Händen; andere zeichnen auf die Scheiben schöne Bilder, die man niemals sieht, oder blasen Seifenkugeln; und andere ziehen ihre Puppen an und führen sie spazieren, und wir zählen an den Fingern der ganz Kleinen und machen sie lachen.

Das Haus, in das mich Monelle führte, schien zugemauerte Fenster zu haben. Es war von der Straße abgewandt, und all sein Licht kam aus einem tiefen Garten. Schon hier hörte ich glückliche Stimmen.

Drei Kinder sprangen auf uns zu.

— Monelle, Monelle! riefen sie, Monelle ist zurück!

Und sie sahen mich an und sagten leise:

— Wie ist der groß! wird er mit uns spielen, Monelle?

Und das Mädchen sagte zu ihnen:

— Bald werden auch die großen Leute mit uns kommen. Sie werden zu den kleinen Kindern gehen. Sie werden spielen lernen. Wir werden ihnen die Schule halten, und in unserer Schule wird man nie arbeiten. Habt ihr Hunger?

Stimmen riefen:

— Ja, ja, ja. Es ist Zeit für die Puppenmahlzeit.

Da wurden kleine runde Tische gebracht und Servietten groß wie Veilchenblätter, und Gläser so tief wie Fingerhüte und Teller wie Nußschalen. Das Mahl bestand aus Schokolade und Zuckerkrümchen; und der Wein konnte nicht in die Gläser fließen, denn die kleinen fingerlangen weißen Fläschchen hatten einen zu dünnen Hals.

Es war ein alter und hoher Saal. Überall brannten kleine rote und grüne Kerzen in ganz winzigen Zinnleuchtern. Die kleinen runden Spiegel an den Wänden sahen aus wie silberne Taler. Man unterschied die Puppen unter den Kindern nur an ihrer Unbeweglichkeit. Denn sie blieben in ihren Stühlen oder kämmten, die Arme hoch, vor kleinen Toilettetischen ihr Haar oder schliefen bereits, zugedeckt bis ans Kinn, in ihren kleinen Messingbetten. Und der Boden war mit dem feinen grünen Moos bestreut, in das man die hölzernen Schafe der Spielwarenschachteln packt.

Das Haus schien ein Gefängnis oder ein Spital zu sein. Aber ein Gefängnis, in das man Unschuldige sperrte, um sie vor Leid zu bewahren, ein Spital, wo man von der Arbeit des Lebens heilte. Und Monelle war die Wärterin und die Krankenschwester.

Die kleine Monelle sah den spielenden Kindern zu. Aber sie war sehr bleich. Vielleicht hatte sie Hunger.

— Wovon lebst du, Monelle? fragte ich.

Und sie antwortete einfach:

— Wir leben von nichts. Wir wissen es nicht.

Und dabei mußte sie lachen. Aber sie war sehr schwach.

Und sie ließ sich am Bettende eines Kindes nieder, das krank lag. Sie reichte ihm eines der kleinen weißen Fläschchen, und blieb lang vornübergebeugt und mit offnen Lippen.

Es gab da Kinder, die tanzten einen Reigen und sangen mit klaren Stimmen. Monelle hob ein bißchen die Hand und sagte:

— Still!

Dann sprach sie leise, mit ihren kleinen Worten.

— Ich glaube, ich bin krank. Geht nicht weg von mir. Spielt da bei mir. Morgen sucht euch eine andre schöne Spielsachen. Ich bleib zu Hause bei euch. Wir wollen lustig sein und keinen Lärm machen. Und später, da werden wir auf den Straßen und auf den Feldern spielen und man wird uns in allen Läden zu essen geben. Jetzt, jetzt würde man uns zwingen, wie die andern zu leben. So müssen wir warten. Wir werden viel gespielt haben.

Monelle sagte noch:

— Habt mich lieb. Ich liebe euch alle.

Dann schien sie neben dem kranken Kind einzuschlafen.

Alle Kinder sahen auf sie hin, mit vorgestrecktem Kopf.

Da war eine kleine zitternde Stimme, die sagte ganz schüchtern: »Monelle ist gestorben.« Und dann war eine große Stille.

Die Kinder brachten die kleinen brennenden Kerzen um das Bett. Und da sie dachten, daß sie vielleicht schliefe, so stellten sie vor ihr, wie vor einer Puppe, hellgrüne geschnitzte Bäumchen auf und stellten dazwischen Schäfchen aus weißem Holz, damit sie sie anschaue. Dann setzten sich alle Kinder hin und warteten. Nach einer Weile fing das kranke Kind zu weinen an, da es Monelles Wange kalt werden fühlte.

VON IHRER FLUCHT

Da war ein Kind, das mit Monelle zu spielen gewohnt war. Das war in der alten Zeit, da Monelle noch nicht fortgegangen war. Jede Stunde des Tages war es bei ihr und sah ihr in die zitternden Augen. Sie lachte ohne Grund, und das Kind lachte ohne Grund. Wenn sie schlief, formten ihre halboffnen Lippen gütige Worte. Wenn sie erwachte, lachte sie für sich, denn sie wußte, das Kind würde sie gleich suchen kommen.

Es war kein wirkliches Spiel, das man spielte: denn Monelle mußte arbeiten. So klein wie sie war, saß sie den ganzen Tag hinter einem alten blinden Fenster. Die Mauer gegenüber war blind von Zement unter dem traurigen Licht des Nordens. Und die kleinen Finger der Monelle liefen über die Leinwand, als gingen sie auf einer Landstraße von weißem Tuch, und die auf die Knie festgesteckten Nadeln bezeichneten die Meilensteine. Die rechte Hand war geballt, sah aus wie ein kleiner Wagen aus Fleisch und ließ hinter sich im Vorwärtsgehen eine gesäumte Furche; und knirschend, knirschend bohrte die Nadel ihre stählerne Zunge, verschwand und tauchte auf und zog den langen Faden in der goldnen Öse. Und die linke Hand war gut anzusehen, denn sie streichelte sanft die frische Leinwand, glättete alle ihre Falten, als ob sie schweigend die frischen Linnen eines Kranken glattstriche.

So sah das Kind Monelle zu und freute sich wortlos, denn diese Arbeit sah aus wie ein Spiel, und Monelle sagte ihm einfache Dinge, die nicht viel Sinn hatten. Sie lachte zu Sonne und lachte zu Regen und lachte zu Schnee. Sie liebte es, erhitzt zu sein und naß und zu frieren. Hatte sie Geld, so lachte sie, dachte, daß sie in einem neuen Kleid zum Tanze ginge. Hatte sie nichts, so lachte sie, dachte, daß sie Bohnen essen würde eine Woche lang. Hatte sie ein paar Pfennige, so träumte sie von andern Kindern, die sie damit lachen machen würde; und mit leeren Händen hoffte sie, sich in ihrem Hunger und ihrer Armut vergraben und verstecken zu können.

Immer waren Kinder um sie, die sie mit großen Augen ansahen. Aber sie hatte vielleicht das Kind am liebsten, das die Stunden des Tags bei ihr war. Und doch ging sie fort und ließ es allein. Nie sprach sie zu dem Kinde von ihrem Fortgehen, aber sie wurde ernster und sah es länger an. Und das Kind erinnert sich auch noch, daß Monelle aufhörte zu lieben, was sie umgab: ihren kleinen Lehnstuhl, die bemalten Tiere, die man ihr schenkte, und all ihr Spielzeug und allen Putz. Und sie träumte mit dem Finger auf dem Mund von anderen Dingen.

An einem Dezemberabend ging sie fort, als das Kind gerade nicht da war. In der Hand die kleine zuckende Lampe trat sie, ohne sich umzuwenden in die Finsternis. Als das Kind kam, sah es noch am dunklen Ende der geraden Straße eine kleine verhauchende Flamme. Das war alles. Monelle sah es niemals wieder.

Lange fragte es sich, weshalb sie so ohne ein Wort fortgegangen war. Es dachte, daß sie nicht traurig sein wollte von seiner Traurigkeit. Und es tröstete sich, daß sie wohl zu andern Kindern gegangen sei, die sie brauchten. Mit ihrer kleinen ersterbenden Lampe ist sie ihnen Hilfe bringen gegangen, die Hilfe eines lachenden Feuerfunkens in der Nacht. Vielleicht hat sie gedacht, daß man dieses eine Kind nicht allzusehr lieben solle, damit man auch noch die andern fremden Kleinen lieben könne. Die Nadel mit ihrem goldenen Öhr hatte das kleine Wägelchen der Hand vielleicht bis ans Ziel geführt, bis ans letzte Ziel der gesäumten Furche, und Monelle ist nun müde geworden vom rauhen Weg des Linnens, auf dem ihre Hände gingen. Sie hat wohl sicher ewig spielen wollen. Und das Kind wußte nicht die Kunst des ewigwährenden Spieles. Vielleicht hatte es sie darnach verlangt, zu sehen, was wohl hinter der alten blinden Mauer sei, deren Augen seit Jahren mit Zement verschlossen waren. Vielleicht kommt Monelle zurück. Und statt zu sagen: »Auf Wiedersehn, erwart mich, — und sei brav!« daß es dann auf die kleinen Schritte im Hausgang gehorcht hätte und auf jedes Umdrehen eines Schlüssels im Schloß, da hat sie lieber geschwiegen und kommt überraschend zurück, hinter seinem Rücken, und legt zwei matte Hände auf seine Augen — ach ja! — und ruft: »Kuckuck!« mit der Stimme eines Vögleins, das in die warme Heimat zurückkommt.

Das Kind erinnerte sich an den ersten Tag, da es Monelle sah; wie ein zerbrechliches glitzerndes Stückchen Schnee sah sie aus und schüttelte sich vor Lachen. Und ihre Augen waren wie Wasser, in dem die Gedanken sich bewegten wie Schatten von Pflanzen. Da, von der Straßenecke her war sie gekommen, ganz einfach und wie selbstverständlich. Sie lachte, so ein langsames Lachen, wie der Ton, wenn man auf ein Kristallglas schlägt. Das war in der Winterdämmerung, und es war neblig; dieser Laden war offen — gerade so. Derselbe Abend, dieselben Sachen dort und hier, dasselbe Summen in den Ohren: doch das Jahr ist anders, und es ist die Erwartung. Vorsichtig machte das Kind ein paar Schritte; ja, alles ist ganz so wie das erstemal. Und es wartete: warum soll sie denn nicht zurückkommen? Und das Kind streckte seine arme geöffnete Hand durch den Nebel.

Diesmal trat Monelle nicht aus dem Unbekannten heraus. Kein kleines Lachen kam durch den Nebel. Monelle war weit und erinnerte sich nicht an den Abend noch an das Jahr. Wer weiß? Vielleicht war sie des Nachts in das unbewohnte Zimmerchen geschlüpft und erwartete es leise zitternd hinter der Tür. Das Kind ging ganz leise, es wollte sie überraschen.

Aber Monelle war nicht da. Sie wird zurückkommen, — o ja! — ganz sicher wird sie zurückkommen. Nun haben die andern Kinder schon genug Gutes von ihr gehabt. Jetzt ist die Reihe wieder an dem verlassenen Kinde. Und es hörte seine schelmische Stimme leise sagen: »Heut bin ich brav.« — Kleines verschwundenes weitfernes Wort, verblaßt wie eine alte Farbe, und schon verbraucht von den Echos der Erinnerung.

Das Kind setzte sich geduldig hin. Da war der kleine Korbstuhl mit der Spur ihres kleinen Körpers, und das Tischchen, das sie gern hatte, und der Spiegel, der ihr um seines Sprungs willen noch teurer war, und das letzte kleine Hemd, das sie genäht hatte, das kleine Hemd, das ›sich Monelle nannte‹, ordentlich hingelegt, ein bißchen gebauscht, als wartete es auf seine Herrin.

Alle die kleinen Sachen des Zimmers warteten auf sie. Der Arbeitstisch war, wie sie ihn verlassen hatte. Das kleine Maßband in seiner runden Büchse steckte seine grüne Zunge heraus, sie war von einem Ring durchzogen. Das entfaltete Linnen der Taschentücher hob sich in kleinen weißen Hügeln. Dahinter standen die Nadeln wie Lanzen im Hinterhalt. Der kleine eiserne und ganz verarbeitete Fingerhut war eine verlassene Sturmhaube. Die Schere hatte faul das Maul offen wie ein stählerner Drache. So schlief alles in der Erwartung. Der lebende Wagen, so weich und behend, fuhr nicht mehr, brachte nicht mehr über diese verzauberte Welt seine laue Wärme. Dieses ganze kleine Schloß der Arbeit lag im Schlummer. Das Kind war voll Hoffnung. Die Tür wird aufgehn, ganz leise; der lachende Feuerfunken wird hereinspringen; die weißen Hügel werden sich entfalten; die dünnen Lanzen werden sich schütteln; die Sturmhaube wird ihr rosa Köpfchen finden; der stählerne Drache wird schnell mit dem Maul klappern, und der kleine lebende Wagen wird überall herumkutschieren, und die

vergehende Stimme wird wieder sagen: ›Ich bin brav heute!‹
— Kommen denn die Wunder nicht zweimal?

VON IHRER GEDULD

Ich kam an einen engen und dunklen Ort, aber es duftete da nach dem traurigen Geruche verwelkter Veilchen. Und es war kein Mittel, diesen Ort zu vermeiden, der wie ein langer Durchgang ist. Und um mich tastend berührte ich einen kleinen zusammengekauerten Körper wie damals im Traum, und ich strich über Haare, und meine Hand fühlte ein Gesicht, das ich kannte; und es kam mir vor, als ob sich die kleine Stirne unter meinen Fingern in Falten zöge, und ich erkannte, daß ich Monelle gefunden hatte, die allein hier an dem dunklen Ort schlief.

Überrascht entfuhr mir ein Ausruf, und ich sagte zu ihr, die weder lachte noch weinte:

— O Monelle! Hier hast du dich zum Schlaf gelegt, fern von uns, wie eine geduldige Springmaus in der Höhlung einer Furche?

Und ihre Augen wurden weit, und ihre Lippen öffneten sich, wie früher, wenn sie nicht verstand und die Klugheit dessen anflehte, den sie liebte.

— O Monelle, sprach ich da, alle die Kinder weinen in dem leeren Hause; und das Spielzeug ist mit Staub bedeckt, und die kleine Lampe ist verloschen, und alles Lachen, das in allen Winkeln war, ist geflohen, und die Welt ist zurückgekehrt zur Arbeit. Aber wir dachten dich anderswo. Wir dachten, du spieltest weit von uns, an einem Ort, zu dem wir nicht gelangen können. Und nun schläfst du hier wie ein kleines wildes Tier, unter dem Schnee, dessen Weiß du liebtest.

Da sprach sie, und, wie sonderbar, ihre Stimme war die gleiche an diesem dunklen Ort, und ich mußte weinen; und sie trocknete meine Tränen mit ihrem Haar, denn sie war ganz entblößt.

— O mein Liebling, sagte sie, du mußt nicht weinen;

denn du brauchst deine Augen für die Arbeit, so lange man arbeitend leben wird; und die Zeit ist noch nicht gekommen. Und du darfst hier an diesem kalten und dunklen Ort nicht bleiben.

Ich schluckte und sagte zu ihr:

— O Monelle, du fürchtetest doch die Finsternis?

— Ich fürchte sie nicht mehr, sagte sie.

— O Monelle, aber du hattest Angst vor der Kälte wie vor der Hand eines Toten?

— Ich habe keine Angst vor der Kälte mehr, sagte sie.

— Und du bist ganz allein hier, ganz allein, ein Kind, und du weintest, wenn du allein warst.

— Ich bin nicht mehr allein, sagte sie; denn ich warte.

— O Monelle, wen erwartest du, in Schlaf zusammengerollt an diesem dunklen Ort?

— Ich weiß nicht, sagte sie; aber ich warte. Und ich bin mit meiner Erwartung.

Und da sah ich, daß ihr ganzes kleines Gesicht einer großen Hoffnung hingegeben war.

— Du darfst nicht hier bleiben, an diesem kalten und dunklen Ort, sagte sie; geh zurück zu deinen Freunden, Geliebter.

Willst du mich nicht führen und unterweisen, Monelle, daß auch ich die Geduld deiner Erwartung erlange? Ich bin so allein!

— O mein Geliebter, sagte sie, ich wäre ganz ungeschickt, dich zu unterweisen wie früher, als ich, wie du sagtest, ein kleines Tier war; das sind alles Dinge, die du sicher in langem und mühvollem Nachdenken finden wirst, so wie ich sie ganz auf einmal fand, da ich schlief.

— Hast du dich so eingenistet, Monelle, ohne daß du dich deiner Vergangenheit erinnerst, oder erinnerst du dich noch unser?

— Wie könnte ich, mein Geliebter, dich vergessen? Seid ihr doch in meiner Erwartung, gegen die hin ich schlafe;

aber ich kann nicht erklären. Du erinnerst dich, ich habe die Erde so geliebt und riß immer die Pflanzen aus, um sie wieder einzusetzen; du erinnerst dich doch, wie ich oft sagte: »Wär ich ein kleiner Vogel, stecktest du mich in deine Tasche, wenn du ausgingest.« O mein Geliebter, ich bin hier in der guten Erde wie ein schwarzes Korn, und ich warte, daß ich ein kleiner Vogel werde.

— O Monelle, du schläfst, bevor du ganz weit von uns fort gehst.

— Nein, mein Geliebter, ich weiß nicht, ob ich ganz fortgehe; denn ich weiß nichts. Aber ich habe mich eingehüllt in das, was ich liebte, und ich schlafe gegen meine Erwartung hin. Und bevor ich schlafen ging, da war ich ein kleines Tier, wie du sagtest, denn ich glich einem nackten Würmchen. Eines Tages fanden wir zusammen eine ganz weiße seidenumsponnene Puppe, und nicht die kleinste Öffnung war daran. Du schlechter Mensch hast sie aufgemacht, und sie war leer. Meinst du, das kleine geflügelte Tier sei nicht herausgegangen? Aber niemand kann wissen wie. Und es hatte lange geschlafen. Und bevor es schlief, war es ein kleiner nackter Wurm; und die kleinen Würmer sind blind. Stell dir vor, mein Geliebter (es ist ja nicht wahr, aber sieh, so denke ich manchmal), daß ich meinen kleinen Kokon aus all dem gewoben habe, was ich liebte, aus der Erde, dem Spielzeug, den Blumen, den Kindern, den kleinen Worten und der Erinnerung an dich, mein Geliebter; das ist ein weißes und seidenweiches Nest und dünkt mich nicht kalt und nicht dunkel. Aber es ist vielleicht nicht so für die andern. Und ich weiß ganz gut, daß es sich nicht öffnen wird und geschlossen bleibt, wie damals die Schmetterlingspuppe. Aber ich werde nicht mehr darin sein, Geliebter. Denn meine Erwartung ist, daß ich weggehe wie das kleine geflügelte Tier; niemand kann wissen wie. Und wohin ich gehen will, das weiß ich nicht; das ist meine Erwartung. Und auch die Kinder, und du, mein Geliebter, und der Tag, da man nicht mehr arbeitet auf der Erde, sind meine Erwartung. Ich bin ein kleines Tier, mein Geliebter; ich weiß nicht besser zu erklären.

— Du mußt, du mußt mit mir von diesem dunklen Ort gehen, Monelle; denn ich weiß, du denkst alle diese Dinge nicht; und hast dich verborgen, um zu weinen; und da ich dich nun endlich ganz allein fand, hier schlafend ganz allein, hier im Warten, so komm mit mir, komm mit mir fort.

— Bleib nicht hier, mein Geliebter, sagte Monelle, denn du würdest allzusehr leiden; und ich, ich kann nicht mit dir, denn das Haus, das ich mir spann, ist ganz verschlossen, und nicht so kann ich es verlassen.

Dann legte Monelle ihre Arme mir um den Nacken, und ihr Küssen war, wie sonderbar, ganz das gleiche wie früher, und darüber mußte ich weinen, und sie trocknete meine Tränen mit ihren Haaren.

— Du darfst nicht weinen, sagte sie, wenn du mich nicht betrüben willst in meinem Warten; und vielleicht warte ich auch gar nicht so lange. Nun sei nicht länger traurig. Denn ich segne dich dafür, daß du mich schlafen geführt hast in mein kleines seidenweiches Nest, dessen beste Seide aus dir ist und in dem ich nun schlafe, zu mir selber gekehrt.

Und wie ehmals in ihrem Schlafe schmiegte sie sich an das Unsichtbare und sagte: »Ich schlafe, Geliebter.«

So habe ich sie gefunden; aber wie bin ich sicher, daß ich sie wiederfinde an diesem so engen und dunklen Ort?

VON IHREM KÖNIGREICH

Ich las diese Nacht, und mein Finger folgte den Worten und Zeilen; meine Gedanken waren woanders. Und draußen fiel ein schwarzer, schräger, spitziger Regen. Und das Licht meiner Lampe leuchtete auf die kalte Asche im Kamin. Und mein Mund war voll Geschmacks von Schmutz und gemeinem Klatsch; denn die Welt schien mir dunkel, und meine Lichter waren erloschen. Und dreimal rief ich mir zu:

— Viel schlammiges Wasser möchte ich, um meinen Durst nach Schändlichkeit zu löschen.

»Ich bin mit den Schändlichen: richtet Eure Finger auf mich!«

»Man muß sie mit Kot werfen, denn sie verachten mich nicht.«

»Und die sieben Becher voll Blut erwarten mich auf dem Tisch, und das Gleißen einer goldnen Krone glimmt unter ihnen.«

Doch eine Stimme schlug mir zurück, die mir nicht fremd war, und das Gesicht jener, die erschien, war mir nicht unbekannt. Und sie rief die Worte:

— Ein weißes Königreich! ein weißes Königreich! ich weiß ein weißes Königreich. Und ich wandte mich um und sagte ganz ruhig:

— Kleiner lügnerischer Kopf, kleiner Mund voll Lüge, es gibt nicht Könige noch Königreiche mehr. Umsonst sehne ich mich nach einem roten Königreich: denn die Zeit ist vorbei, Und dieses Reich hier ist schwarz und ist kein Königreich; denn ein Volk von schwarzen Königen rührt hier seine Arme. Und nirgends auf der Welt gibt es ein weißes Königreich, noch einen weißen König.

Aber sie rief von neuem diese Worte:

— Ein weißes Königreich! Ich weiß ein weißes Königreich!

Und ich wollte sie bei der Hand fassen; aber sie entschlüpfte mir.

— Nicht durch Traurigkeit, sagte sie, nicht durch Gewalt. Und doch gibt es ein weißes Königreich. Komm mit meinen Worten; horch.

Und sie schwieg, da erinnerte ich mich.

— Nicht durch die Erinnerung, sagte sie. Komm mit meinen Worten; horch.

Und sie schwieg; und ich hörte mich denken.

— Nicht durch das Denken, sagte sie. Komm mit meinen Worten; horch.

Und sie schwieg.

Da zerstörte ich in mir die Traurigkeit meiner Erinnerung und das Verlangen nach meiner Gewalt, und all mein Denken verschwand. Und ich wartete.

— Du wirst das Königreich sehen, sagte sie, aber ich weiß nicht, ob du hineingehen wirst. Denn ich bin schwer zu verstehen, außer für jene, die nicht verstehen; und ich bin schwer zu ergreifen, außer für jene, die nicht mehr ergreifen; und schwer bin ich zu erkennen, außer für jene, die kein Erinnern haben. In Wahrheit, du hast mich und du hast mich nicht mehr. Horch;

Und ich horchte in meiner Erwartung.

Aber ich vernahm nichts. Und sie schüttelte den Kopf und sagte:

— Du bedauerst deine Heftigkeit und dein Erinnern, und ihre Zerstörung ist noch nicht vollbracht. Man muß zerstören, um das weiße Königreich zu erlangen. Bekenne und du wirst befreit sein; gib in meine Hände deine Heftigkeit und dein Erinnern, und ich will es zerstören; denn alles Bekennen ist ein Zerstören.

Und ich rief aus:

— Ich gebe dir alles, ja, ich gebe dir alles. Und du sollst es tragen und selbst es vernichten, denn ich bin nicht mehr stark genug.

Ich habe nach einem roten Königreich verlangt. Es gab dort blutdürstige Könige, die ihre Klingen schärften. Frauen mit geschwärzten Augen weinten auf opiumbeladenen Dschunken. Viele Piraten vergruben im Inselsand schwere goldgefüllte Koffer. Alle Prostituierten waren freigelassen. Die Diebe lagen im Morgendämmer auf den Landstraßen. Viele junge Mädchen füllten sich mit Leckerbissen und Wollust. Einbalsamiererinnen vergoldeten Kadaver in der blauen Nacht. Die Kinder begehrten ferne Erregungen und unbekannte Morde. Nackte Körper bedeckten die Steinfliesen der heißen Bäder. Alle Dinge waren mit brennenden Kräutern eingerieben und von roten Kerzen beleuchtet. Aber dieses Königreich hat sich unter die Erde gesenkt, und ich erwachte inmitten der Finsternis.

Und da hatte ich ein schwarzes Königreich, das kein Königreich ist: denn es ist voller Könige, die sich Könige glauben und die es verdunkeln mit ihren Werken und ihren Befehlen. Und ein trüber Regen besudelt es Nacht und Tag. Und ich irrte lange auf den Wegen, bis zu dem kleinen Leuchten einer zitternden Lampe, die mir mitten in der Nacht erschien. Der Regen näßte mein Haupt; aber ich lebte unter der kleinen Lampe. Die sie hielt, nannte sich Monelle, und wir spielten zu zweit in diesem schwarzen Königreich. Aber eines Abends verlosch die kleine Lampe, und Monelle verschwand. Und ich suchte sie lange in dieser Finsternis: aber ich konnte sie nicht wiederfinden. Und heute abend suchte ich sie in den Büchern; aber ich suche sie vergeblich. Und ich bin verloren in dem schwarzen Königreich; und ich kann das kleine Leuchten der Monelle nicht vergessen. Und ich habe im Munde einen Geschmack von Gemeinheit.

Und sowie ich gesprochen hatte, fühlte ich die Zerstörung in mir geschehen, und mein Warten erleuchtete sich mit einem Beben, ich hörte die Finsternis, und ihre Stimme sprach:

— Vergiß alles, und alles wird dir gegeben sein. Vergiß

Monelle, und sie wird dir wieder gegeben sein. So ist das neue Wort. Mach es dem jungen Hunde nach, dessen Augen noch geschlossen sind und der sich tastend einen Platz für seine kalte Schnauze sucht. Und die zu mir sprach, rief:

— Ein weißes Königreich! ein weißes Königreich! Ich weiß ein weißes Königreich!

Und ich ward übermannt vom Vergessen und meine Augen erstrahlten von Reinheit.

Und die zu mir sprach rief:

— Ein weißes Königreich! ein weißes Königreich! Ich kenne ein weißes Königreich!

Und das Vergessen ergriff mich ganz und die Stelle, wo mein Wissen wohnte, wurde rein und tiefklar.

Und die zu mir sprach, rief noch einmal:

— Ein weißes Königreich! ein weißes Königreich! Ich weiß ein weißes Königreich! Hier ist der Schlüssel: in dem roten Königreich ist ein schwarzes Königreich: in dem schwarzen Königreich ist ein weißes Königreich; in dem weißen Königreich . . .

— Monelle, schrie ich, Monelle! In dem weißen Königreich ist Monelle!

Und das Königreich erschien; aber es war von einer Mauer strahlender Weiße umgeben.

Da fragte ich:

— Und wo ist der Schlüssel zum Königreich?

Aber die zu mir sprach, blieb ohne ein Wort.

VON IHRER AUFERSTEHUNG

Louvette führte mich durch ein grünes Gefilde bis an den Saum des Feldes. Weithin hob sich das Land, und am Horizont schnitt eine braune Linie den Himmel. Schon senkten sich die brennenden Wolken im Westen. Im unsichern Schimmer des Abends unterschied ich kleine irrende Schatten.

— Gleich, sagte sie, werden die Feuer brennen. Und morgen wird das viel weiter sein. Denn sie bleiben nirgends. Und brennen nur einmal das Feuer, einmal an jedem Ort.

— Wer sind sie? fragte ich Louvette.

— Man weiß es nicht. Es sind weißgekleidete Kinder. Es sind welche aus unsern Dörfern darunter. Und andere kommen von weit und sind schon lange unterwegs.

Wir sahen auf der Höhe eine kleine Flamme aufleuchten.

— Da ist ihr Feuer, sagte Louvette. Jetzt können wir sie finden. Denn sie rasten die Nacht, wo sie ihr Zelt aufgeschlagen haben, und am nächsten Tag verlassen sie die Gegend.

Und als wir auf die Hügelhöhe kamen, wo die Flamme brannte, sahen wir viele weiße Kinder um das Feuer.

Und unter ihnen erkannte ich, sie schien zu ihnen zu sprechen und sie zu führen, die kleine Lampenhändlerin, die ich einmal in der schwarzen regnerischen Stadt getroffen hatte.

Und sie erhob sich unter den Kindern und sagte mir:

— Ich verkaufe keine kleinen lügnerischen Lampen mehr, die im trüben Regen verlöschen.

Denn die Zeit ist gekommen, da die Lüge den Platz der Wahrheit eingenommen hat und die elende Arbeit zugrundgegangen ist.

Wir haben im Haus der Monelle gespielt; aber die Lampen sind Spielzeug gewesen und das Haus ein Asyl.

Monelle ist tot; ich bin dieselbe Monelle; und ich erhob mich in der Nacht, und die Kleinen sind mit mir gekommen, und wir gehen durch die Welt.

Sie wandte sich zu Louvette:

— Komm mit uns, sagte sie, und sei glücklich in der Lüge. Und Louvette lief unter die Kinder und war weiß gekleidet wie sie.

— Wir gehen, begann die wieder, die uns führte, und wir belügen jeden, der kommt, um ihm Freude zu geben.

Unser Spielzeug war Lüge, und jetzt sind die Dinge unser Spielzeug.

Bei uns leidet niemand, und niemand stirbt bei uns: wir sagen, daß die sich entkräften, die die traurige Wahrheit erkennen wollen, die es nirgends gibt. Die die Wahrheit erkennen wollen, trennen sich von uns und verlassen uns.

Wir dagegen haben gar keinen Glauben in die Wahrheiten der Welt; denn sie führen zur Traurigkeit.

Und wir wollen unsere Kinder zur Freude führen.

Nun können die Großen zu uns kommen, und wir lehren sie die Unwissenheit und die Täuschung.

Wir zeigen ihnen die kleinen Blumen des Feldes, die sie nie so gesehen haben; denn jede ist eine neue.

Und wir staunen über jedes Land, das wir sehen; denn jedes Land ist ein neues.

Es gibt keine Ähnlichkeiten in dieser Welt, und es gibt für uns kein Erinnern.

Alles ändert sich ohne Unterlaß, und wir haben uns gewöhnt an die Änderung.

Darum brennen wir an jedem Abend an einem andern Ort ein Feuer; und am Feuer erfinden wir für das Vergnügen des Augenblickes die Geschichten von Zwergen und lebenden Puppen.

Und wenn das Feuer erloschen ist, faßt uns eine andere Lüge; und wir sind voll Freude und staunen.

Und am Morgen erkennen wir nicht mehr unsere Gesichter: vielleicht daß die einen nach der Kenntnis der Wahrheit verlangt haben, die andern sich nur noch an die Lüge vom Vortag erinnern. So ziehen wir durch die Lande, und man kommt in Scharen zu uns, und die uns folgen, werden glücklich.

Als wir noch in der Stadt lebten, zwang man uns zur ewig selben Arbeit und wir liebten die ewig selben Menschen; und die gleiche Arbeit machte uns müde, und wir waren untröstlich, die, die wir liebten, leiden und sterben zu sehen.

Und unser Irrtum war, so im Leben stehenzubleiben und unbeweglich alles rollen und sich bewegen zu sehen, oder zu versuchen, das Leben festzuhalten und uns eine ewige Bleibe in fallenden Ruinen einzurichten.

Aber die kleinen lügnerischen Lampen haben uns auf den Weg des Glückes geleuchtet.

Die Menschen suchen ihr Glück in der Erinnerung und widerstehen dem Leben und berauschen sich an der Wahrheit der Welt, die nicht mehr wahr ist, da sie Wahrheit geworden.

Sie betrüben sich über den Tod, der nichts sonst ist als das Bild ihres Wissens und ihrer unumstößlichen Gesetze; sie beklagen sich, daß sie schlecht in der Zukunft gewählt haben, die sie nach vergangenen Wahrheiten berechnet haben, oder sie wählen vergangene Wünsche.

Für uns ist jedes Verlangen ein neues, und wir verlangen nichts sonst als den lügnerischen Augenblick; alles Erinnern ist wahr, und wir haben uns von der Wahrheit losgesagt.

Und wir sehen die Arbeit an als verderblich, weil sie unser Leben festhält und es sich selber ähnlich macht.

Und wir sehen in jeder Gewöhnung etwas Verderbliches;

denn sie hindert uns daran, daß wir uns neuen Lügen völlig hingeben.

Das waren die Worte derer, die uns führte.

Und ich bat Louvette, mit mir zu ihren Eltern zurückzukommen; aber ich sah in ihren Augen, daß sie mich nicht mehr wiedererkannte.

Die ganze Nacht lebte ich in einer Welt von Träumen und Lügen und versuchte die Unwissenheit zu lernen und die Täuschung und das Staunen des neugeborenen Kindes.

Die kleinen tanzenden Flammen sanken zusammen.

Da sah ich in der traurigen Nacht aufrichtige Kinder, die weinten, weil sie die Erinnerung noch nicht verloren hatten.

Und andere erfaßte plötzlich die Wut der Arbeit, und sie schnitten das Korn und banden es im Schatten zu Garben.

Und andere, die die Wahrheit kennen wollten, wandten ihr bleiches Gesicht der kalten Asche zu und starben erschauernd in ihren weißen Kleidern.

Aber da der rosa Himmel zuckte, erhob sich die, die uns führte, und erinnerte sich nicht an uns und nicht an die, welche die Wahrheit suchten, und schritt dahin und viele weiße Kinder folgten ihr. Und alle waren voll Lustigkeit und lachten leicht über alle Dinge.

Und als der Abend kam, machten sie wieder ihr Strohfeuer.

Und wieder sanken die Flammen zusammen und wurde die Asche kalt um Mitternacht.

Da erinnerte sich Louvette, und sie mochte lieber lieben und leiden, und kam zu mir in ihrem weißen Kleid, und wir eilten zu zweit fort über das Land.

www.ingramcontent.com/pod-product-compliance
Lightning Source LLC
Chambersburg PA
CBHW020040030726
47499CB00007B/2510